© 2021

Autorin: Christel Oostendorp

ISBN:9783753472737

Herstellung und Verlag: BoD – Books on Demand, Norderstedt

Magnus, der Helfer aus dem Jenseits
Fantasyroman
Vier Geschichten in einem Band

Magnus, der schon lange Zeit im Jenseits lebt, kommt immer wieder auf die Erde, um Menschen aus einer Situation zu helfen, die sie allein nicht so einfach meistern können. Max (12) wird gemoppt, Kathi (13) hat Krebs, Lars (29) Liebeskummer und Gaby (55) benötigt eine Spenderniere. Magnus zeigt ihnen den Weg aus dieser so hoffnungslos erscheinenden Situation. Max befreit sich aus der Opferrolle, Kathi aktiviert ihre Selbstheilungskräfte, Lars ändert seine negative Denkweise und Gaby bittet um eine Organspende. Sie lernen die universellen Gesetze kennen und anwenden. In Form einer Geschichte lernt die Leserin, der Leser, die positive Denkweise kennen, das Auflösen von Ängsten und erhält Einblicke in das Familienstellen, mit dem man Altlasten auflösen kann.

Ein unterhaltsames Buch für alle Altersklassen von 8 bis 88 Jahren. Es ist nie zu früh oder zu spät sich positiv zu verändern und damit seine unbefriedigende Situation.

Mobbing

Wie oft blickte Magnus auf die Erde hinunter und sah verzweifelte Kinder oder Erwachsene, die Hilfe benötigten. Wie oft war er schon zu diesen Menschen gereist und hat versucht Kontakt zu ihnen aufzunehmen. Leider ist es ihm noch nicht gelungen. Die Menschen hörten und sahen ihn nicht. Es musste sich zuerst etwas ändern.

In den letzten Jahren haben die Menschen, die einen Feinsinn für das Feinstoffliche entwickelt haben, die Möglichkeit, in die anderen Dimensionen zu sehen oder auch etwas zu hören. Mit Hilfe eines Fotoapparates oder einer Kamera können sie nun Orbs sehen, die man dann als Lichtkugeln auf Bildern findet. In manchen Lichtkugeln sind deutlich Gesichter oder Zeichen erkennbar.

Manche Menschen meinen dann, dass der Fotoapparat defekt ist oder die Lichtverhältnisse diese Kugeln auf die Fotos fabriziert haben. Einige erkennen aber, dass es ein Zeichen aus dem Universum ist und lassen sich weiter darauf ein. Je mehr man sich damit beschäftigt, umso deutlicher werden diese Kugeln und die Zeichen und Gesichter darin. Es sind vorwiegend verstorbene Menschen, die Kontakt mit ihrer Familie oder anderen Menschen aufnehmen möchten. Sie wollen Hilfe leisten. Um noch näheren Kontakt zwischen Mensch und Orb zu erhalten, bedarf es einer Schulung auf beiden Seiten. Auf der Erde ist die Reinheit des Herzens notwendig und der Wunsch um Hilfe und auf der anderen Seite das Reisen mit Energie und das Materialisieren durch Energie.

Magnus hat es geschafft. Seine Schulung im Jenseits ist so weit fortgeschritten, dass er seinen ersten Auftrag ausführen darf. Einem Menschen zur Seite stehen und ihm aus der Not helfen zu können, war ein großer Wunsch, den er seit Jahren hegte. Sein geistiger Helfer steht neben ihm und sagt: „Magnus schau her, das ist Max auf der Erde, der sich in großer Not befindet. Geh nun und zeige ihm, was er tun muss, um wieder glücklich zu werden." Magnus macht sich auf den Weg, um noch vor Morgengrauen auf der Erde zu sein. Es ist 7.00 Uhr, als er bei Max ankommt.

Der Wecker schrillt erbarmungslos. Max haut auf den Knopf des Weckers und dreht sich noch einmal im Bett um. Aufstehen und zur Schule gehen — nein danke - geht ihm durch den Kopf. Da ist wieder dieser Rüpi aus meiner Klasse, der mir den ganzen Tag versauen kann. Rüpi, so nennt Max den Dennis Rüploh, der immer eine große Klappe riskiert und zu jeder Schandtat bereit ist.

Es hilft nichts — Mutter hat schon 2 x an die Tür geklopft — es ist Zeit zum Aufstehen. Max rennt ins Badezimmer und flott unter die Dusche. Frühstücken möchte er nur am

Wochenende, wenn keine Schule ist. Frühstück schmeckt ihm vor der Schule nicht.

Auf dem Schulweg kreuzt fast jeden Morgen Rüpi Max's Weg, und wenn andere Klassenkameraden dabei sind, muss er Max jedes Mal ärgern. An diesem Morgen schubst er Max in eine Hecke. Mit dem schweren Schulranzen liegt Max nun auf dem Rücken und kommt kaum wieder hoch. Die anderen Jungs lachen und Marie, eine Klassenkameradin, hat es auch gesehen.

Max fühlt sich schlecht. Er ist nicht wütend, sondern traurig und möchte am liebsten wieder nach Hause gehen. Als Letzter betritt er den Klassenraum und schaut sich nicht um. Er setzt sich auf seinen Stuhl und fühlt etwas Nasses unter sich. Max springt auf, aber es war zu spät. Er hat sich in eine Pfütze gesetzt, die bestimmt dieser Rüpi angerichtet hat.

In den ersten 20 Minuten kann Max sich überhaupt nicht konzentrieren. Er muss daran denken, dass diese Spielchen schon seit 2 Jahren andauern und niemand hilft ihm. Tränen steigen in seinen Augen auf, die er nur mit Mühe zurückhalten kann.

Dann hört er die Lehrerin, Frau Horn: „Max, was meinst du, wie kann man die Aufgabe lösen?" Max hatte überhaupt nicht zugehört und bekam einen roten Kopf. Die Klassenkameraden lachen laut und es dröhnt in seinem Kopf. So kann es nicht weitergehen, lieber Gott, ich kann nicht mehr, sprach er in sich hinein und schloss die Augen. Es muss sich was ändern. Für einen Augenblick hatte er das Gefühl, als ob ihn jemand umarmte. In seinem Kopf hörte er eine Stimme, die sagte: „Es wird alles gut."

Jetzt fang ich schon an zu spinnen, dachte Max, biss sich auf die Unterlippe und versuchte, dem Unterricht zu folgen.

In der Pause hielt Rüpi ihm auf der Toilette die Tür zu, so dass er nicht raus konnte. Irgendwie hatte er die Tür verbarrikadiert. Max dachte darüber nach, wie er aus dieser Situation herauskommen konnte und wollte laut um Hilfe rufen, was er aber nicht tat, um nicht noch blöder dazustehen. Er wusste nicht so recht, was er tun sollte und fing an zu beten, denn er erinnerte sich an Gott und die Engel und die Geschichten, die seine Mutter ihm früher vorgelesen hatte. Er stellte sich vor, wie er seine Gedanken direkt zu Gott und den Engeln schickte. Als im Unterricht auffiel, dass Max von der Pause noch nicht zurückgekommen ist, schickte die Lehrerin Philip, um nach Max zu sehen. Philip erlöste Max dann aus seinem Gefängnis.

Auf dem Nachhauseweg hatte Rüpi etwas anderes zu tun, und Max konnte ganz in Ruhe neue Hefte einkaufen und einige Worte mit Marie austauschen. Nach dem Mittagessen legte sich Max einige Minuten auf sein Bett, bevor er mit den Hausaufgaben beginnen wollte. Er hatte die Rollläden etwas heruntergelassen und starrte an die Decke. Auf einmal sah er einen runden Lichtschein, als ob jemand mit der Taschenlampe an die Decke leuchtete. Er schaute sich im Zimmer um, aber da war niemand.

Dieser Lichtschein, diese Kugel bewegte sich schnell durch das Zimmer, kam auf ihn zu, schwebte wieder weg und blieb kurz wieder still an der Decke. Max setzte sich auf und rief: „Was ist das, wer ist hier?" Max fühlte Angst in sich aufsteigen. Eine leise Stimme antwortete: „Ich bin es – Magnus." „Wer ist Magnus?" fragte Max. Ich komme aus einer anderen Welt zu dir, weil du mich gerufen hast." „Ich habe dich nicht gerufen", erwiderte Max.

„Doch", sagte Magnus, „du hast um Hilfe gebeten und bei mir ist dein Hilferuf angekommen. Ich habe auf der Erde, als ich noch ein Mensch war, Ähnliches erleben müssen wie du und du hast mich mit deinen Gedanken und Sorgen angezogen."

Max hatte auf einmal keine Angst mehr und fragte Magnus: „Kann ich dich noch besser sehen?" „Wenn du das möchtest, wirst du mich bald besser sehen können. Du entscheidest, was du sehen möchtest. Deine Gedanken und Wünsche formen die Realität." „Ich werde dich morgen zur Schule begleiten. Du wirst nicht allein zur Schule gehen. Aber jetzt schlafe erst einmal mit diesem

Gedanken ein." Es klappte aber nicht. Max war viel zu aufgeregt, um schlafen zu können, obwohl Magnus' Lichtkugel nicht mehr zu sehen war. Irgendwann fielen ihm dann doch die Augen zu. Zwei Stunden schlief er tief und fest. Am späten Nachmittag hatte er Fußballtraining und dachte dabei immer an den nächsten Tag, an dem er nicht allein zur Schule gehen musste.

Am nächsten Morgen, als der Wecker wieder um 7.00 Uhr klingelte, machte Max verschlafen die Augen auf. Das war ein seltsamer Traum, den ich da hatte, kam es Max in den Sinn und wollte sich wie immer noch einmal umdrehen. Aber nein, das war kein Traum, dachte er und schaute sich um, wo diese Lichtkugel sein könnte. Max sprang auf und rief nach Magnus. Für einen Bruchteil einer Sekunde schwebte eine Kugel aus Licht direkt vor seiner Nase. Dann war sie wieder verschwunden. Was hatte Magnus gesagt, ach ja, er geht mit zur Schule. So schnell, wie schon lange nicht mehr machte sich Max fertig, schnappte sein Pausenbrot und war auch schon auf dem Schulweg.

Er war etwas früher als sonst und traf nicht auf Rüpi. Er war schon lange auf dem Schulhof, als er Rüpi mit drei anderen Klassenkameraden kommen sah. Wie ein Stich in der Magengrube machte sich Rüpi in Max's Bauch bemerkbar und Max flüsterte leise: „ Magnus wo bist du, steh mir bei." In seinem Kopf hörte er leise: „Setze dich auf die Treppenstufen und schau den Jungs entgegen." Max setzte sich auf die Stufen und traute sich kaum, Rüpi anzuschauen. „Schau hin!" hörte er wieder und tat es. Rüpi kam wie immer mit seinem schlacksigen Gang auf ihn zu und hörte ihn sagen: „Was hängst du denn hier schon rum?", drängte sich an ihm vorbei und verschwand in der Schule. Was war das denn, dachte Max, der hat mich ja überhaupt nicht angestoßen. In seinem Kopf hörte er wieder diese Stimme: „Wenn du über das Anstoßen nachdenkst, wird er dich auch anstoßen. Du musst lernen, anders zu denken. Du musst die alten Erfahrungen mit Rüpi beenden, du musst in deinem Kopf Frieden mit ihm schließen und irgendwann kommt dieses Gefühl bei Rüpi an, weil wir alle über das morphogenetische Feld miteinander verbunden sind. Dort sind alle Gedanken und Erfahrungen gesammelt. Aber jetzt geh erst einmal in den Klassenraum. Denk heute Abend wieder an mich, dann werde ich kommen, weil du die Verbindung so herstellst."

So schnell wie an diesem Tag war die Schulzeit noch nie vergangen. Max freute sich auf den Abend, wenn er sich mit Magnus verbinden wird. Er legte sich freudig in sein

Bett und dachte an Magnus. Es dauerte nur eine Minute und die Lichtkugel war wieder zu sehen. Sie war deutlicher zu sehen als am Vorabend, und irgendwie zeichnete sich das Gesicht eines Jungen ab. „Magnus woher kommst du wirklich? Du hast gesagt, dass du aus einer anderen Welt kommst." „Ich komme aus einer anderen Dimension. Ich habe auch schon einmal auf dieser Erde gelebt und Ähnliches erfahren wie du, „sagte Magnus." Nachdem ich gestorben bin, bin ich in eine wunderbare andere Welt gekommen und kann jederzeit von dort auf mein altes Zuhause blicken, wenn ich möchte. Meine Großeltern haben mich in dieser anderen Welt schon erwartet. Hier herrscht nur Frieden. Ich reise in einer Lichtkugel, einem Orb, damit du mich sehen kannst. Ich benutze die Gammastrahlen im Universum, um von Dimension zu Dimension zu reisen. Menschen, die uns sehen möchten und reinen Herzens sind, können uns sehen."

Magnus, wie stellt man eine Verbindung zu dir oder anderen Orbs her?

Zum Beispiel hat mich eine Frau auf dieser Erde angezogen, weil sie ihre Gedanken ins Jenseits schickte, indem sie Menschen die universelle Energie aus dem großen Topf, dem morphogenetischen Feld, holte und diese Energie ins Energiefeld des Menschen, der zu ihr kam um gesund zu werden, zu seiner Heilung einfügte. Ich habe mir das mehrmals angesehen und bin, weil die

11

Atmosphäre in der Praxis so harmonisch war, häufiger dort gewesen. Diese Frau fotografierte ihre Patienten vor und nach der Behandlung, um ihnen zu zeigen, was sich allein durch die Energieanwendung in ihrem Gesichtsausdruck verändert hatte und war sehr erstaunt, als ich dort auf den Bildern auftauchte. Sie fotografierte mit einem normalen Fotoapparat mit Blitzlicht und immer mehr Orbs tauchten in ihrer Nähe auf. Irgendwann fotografierte diese Frau mit der Absicht, Orbs „einzufangen" und stellte ihnen Fragen. Diese Fragen wurden ihr dann durch Zeichen in Orbs beantwortet. Hören konnte sie diese Orbs oder mich nicht. Das Hören ist nicht jedem Menschen gegeben. Jeder hat seine ganz eigenen Fähigkeiten. Der eine sieht, der andere hört, der andere fühlt.

„Wie hast du das gemeint, als du mir geraten hast, dass ich Frieden mit Rüpi in meinem Kopf schließen soll?" „Du hast Angst vor Rüpi und Rüpi erwartet, dass du Angst hast, weil du es ausstrahlst. Deine Angst zieht Rüpi an, weil du dein Leben selbst gestaltest. Du musst dir vorstellen, dass du Rüpi die Hand reichst, um Frieden zu schließen und stell dir vor, wie ihr beide zusammen etwas Lustiges unternehmt, wie ihr zum Beispiel Schokoladenküsse, ohne die Hände zu benutzen, esst. Stell dir vor, wie ihr beide euer Gesicht mit Schokolade beschmiert beim Essen. Hol dir dieses Bild jeden Tag wieder hervor. Schick ihm auch täglich deine Gedanken wie: Friede sei mit dir, Rüpi."

„Du hast auch schon einmal darüber nachgedacht, die Schule zu wechseln. Das hat keinen Sinn, weil dich dort ein anderer Rüpi finden wird, bevor du dich nicht geändert hast. Wenn du mit dem Gedanken zur neuen Schule gehst, ob dort auch so ein Rüpi ist, dann wird dort auch einer sein. Du musst mit dem Gedanken dort hingehen, dass dort alle Klassenkameraden Freunde sind, dann wirst du es so vorfinden. Es gibt das Gesetz der Anziehung im Universum. Du ziehst Kraft deiner Gedanken Freunde oder Feinde an. Das Glück hängt nicht von anderen Menschen ab. Das Glück kannst du nur selbst finden. Bevor du jetzt einschläfst, sprich zu dir folgende Worte: Glück und Gesundheit begleiten mich auch morgen wieder, und wenn du morgen aufwachst, sprich zu dir: Glück und Gesundheit begleiten mich auch heute wieder. Du musst aber auch fest daran glauben."

„Gute Nacht Max," und weg war Magnus.

Max tat genauso, wie Magnus es ihm aufgetragen hatte, und ging – noch ein bisschen unsicher – am nächsten Tag zur Schule. Er stand so früh auf, dass er Rüpi nicht über den Weg laufen musste und setzte sich wieder auf die Stufen vor der Schule. Er zwang sich, Rüpi anzuschauen, und nicht, wie früher, verschämt in die Büsche zu blicken und Rüpi sagte: „Was machst du denn schon wieder hier?" und lief an ihm vorbei. Max dachte die ganze Zeit nur immer: Friede sei mit dir Rüpi, Friede sei mit dir Rüpi, Friede...... „Puh", sagte Max und ging ins Klassenzimmer.

Rüpi beschäftigte sich mit Marie, die ihm ihr Hausaufgabenheft zum Abschreiben ausgeliehen hatte. Marie starte auf den Fettflecken, den Rüpi auf ihrem Heft hinterlassen hatte, und wollte gerade etwas sagen, als die Klassenlehrerin den Raum betrat.

Da hörte er Rüpi's Stimme: „Nein Max, das geht aber nicht, dass du Marie's Heft versaust." Max bekam einen roten Kopf und Marie starrte auf ihr Heft. Die Lehrerin kam auf Marie zu, schaute auf das Heft und sagte dann: „Max, wie ist das denn passiert?" Max überlegte und dachte: Friede sei mit euch allen, Friede sei mit euch allen und vernahm Marie's Worte: „Das muss mir wohl gestern passiert sein, Frau Wiedemann." „Na dann", sagte Frau Wiedemann, und zur ganzen Klasse: „Mathearbeit, nehmt eure Mathearbeitshefte hervor." Oh man, dacht Max, auch noch Mathe, das liegt mir überhaupt nicht. Sobald er das gedacht hatte, erinnerte sich Max an Magnus' Worte: Du kreierst dein Leben, denn so wie du denkst, wird alles geschehen. Also zwang sich Max zur Denkweise: Ich schaff das, ich rufe jetzt konzentriert alles ab, was ich gelernt habe. Aber ich habe nichts gelernt, kam es ihm in den Sinn. Schon wieder falsch gedacht, ermahnte sich Max. Ich kann das, ich kann das, ich kann das.

Er nahm den Aufgabenzettel entgegen und sagte sich immer wieder, dass er jetzt ganz ruhig und konzentriert arbeiten wird und legte los. Überraschenderweise blieb er wirklich ganz ruhig und erinnerte sich an das, was er in den letzten Wochen im Unterricht erfahren hatte. Leider war er oft unkonzentriert, weil Rüpi ihm nicht aus dem Kopf ging – aber jetzt war Rüpi kein Thema und er konnte gut arbeiten. Da bekam er eine Papierkugel an den Kopf und er hörte Rüpi flüstern, „was schreibst du da die ganze Zeit?" Max hob nur die Hand zum Zeichen, dass er Rüpi vernommen hatte und rechnete weiter. „Friede sei mit dir", murmelte Max leise vor sich hin. „Ist etwas Max", fragte Frau Wiedemann ihn, und Max dachte nur wieder: „Friede sei mit dir, Frau Wiedemann, und laut sagte er: „Ich habe nur laut gerechnet, Frau Wiedemann." „ Ha, ha, ha" prustete Rüpi, „unser Mäxchen wird vorlaut, ha, ha, ha." „Dennis", ermahnte Frau Wiedemann, „sieh zu, dass du was aufs Blatt bekommst."

Nach der Mathearbeit fühlte sich Max gut. Seit Monaten hatte er nicht mehr so ein gutes Gefühl nach einer Arbeit gehabt. Alles ist gut, dachte er, und ging in die Pause. „Hey Max", hörte er Rüpi rufen, „hast ja ganz schön Gas gegeben bei der Arbeit", und bemerkte schon Rüpi's Hand am Kragen. Friede sei mit dir, dachte Max und rief innerlich nach Magnus. Irgendwie stolperte Rüpi und lies Max los. Max ging einfach weiter auf den Pausenhof und stellte sich vor, wie Magnus an seiner Seite stand und ihm Sicherheit gab. Marie und Lisa saßen auf der Bank und aßen ihr Pausenbrot, und Max stellte sich in Sichtnähe hin und biss in seinen Apfel.

„Max, was hast du bei der Aufgabe 3 raus?" hörte er Marie fragen. Meint sie wirklich mich, dachte Max, mich, der in den letzten Monaten nur schlechte Mathenoten hatte? Max ging langsam auf Marie zu, holte tief Luft und teilte ihr das Ergebnis mit. Sie unterhielten sich noch ein bisschen, bis Rüpi neben ihm stand und ihn beiseite schubste. „Tolle Leistung", hörte sich Max reden, und sah auch schon, wie Rüpi nach ihm griff. Da stellte sich Marie neben Rüpi und sagte: „Dennis lass, einmal muss genug sein."

Wie sehr hatte sich Max in den letzten Monaten gewünscht, dass sich mal jemand auf seine Seite stellt und zu ihm hält. Max machte sich auf den Weg nach Hause. Irgendwie fühlte er sich beschwingter als früher. Der Stein in der Magengrube war verschwunden. Max dachte an Magnus und sprach in seinem Innern: „Magnus, bist du da?" „Ich bin immer da, wenn du an mich denkst. Deine Gedanken erreichen mich." „Magnus, wie kann ich erreichen, dass ich wieder einen Freund finde?"

„Max, du musst diesen Wunsch ins Universum schicken. Wünsche Dir einen Freund, der immer zu dir hält und mit dem du dich gut verstehst. Glaube fest daran, dass du so einen Freund bald treffen wirst. Gebe auch eine Zeit an, wie zum Beispiel in den nächsten 3 Wochen. Wo wir schon bei den Wünschen sind, Max. Schreibe dir drei Wünsche an deine Pinnwand und glaube fest daran, dass sie in Erfüllung gehen." Max überlegte und sagte: „Woher weißt du, dass ich drei Wünsche habe?" „Max, ich bin oft in deiner Nähe und deine Gedanken erreichen mich. Ich reise zwischen den Welten hin und her. Wenn du allein sein willst, gehe ich sofort, und wenn du einsam bist, komme ich, und wenn du Hilfe brauchst, bin ich auch da. Ich war schon früher häufiger auf Fotos zu sehen, aber du hast gedacht, dass es nur ein Regentropfen auf der Linse ist oder ein Fehler im Bild. Schau dir die alten Fotos der letzten Monate an, da wirst du mich entdecken. Oft nur ganz klein auf deinem Pullover oder über deinem Kopf. Dein Wunsch nach einem Freund und dein Wunsch nach Hilfe haben mich zu dir geholt. Gern bin ich auch in deiner Nähe, wenn du dich freust und unbeschwert herumtollst."

„Einmal, als du mit deinem Bruder eine Wasserschlacht im Schwimmbad gemacht hast, war ich dabei und habe viel gelacht. Dein Schutzengel war auch da und hatte viel Freude an deiner Ausgelassenheit. Früher, als du klein warst, hast du öfter an ihn oder an Gott gedacht. In den letzten Jahren bist du sehr still geworden und hast nicht mehr um Hilfe gebeten. Deshalb bin ich jetzt da, um dir zu sagen, dass du jederzeit auch Gott oder deinen Schutzengel anrufen kannst. Aber jetzt schreibe deine Wünsche auf." Max musste nicht lange überlegen und schrieb auf einen großen Zettel:

Einen Freund finden, der immer zu mir hält und mit dem ich mich gut verstehe, bessere Schulnoten, die Gesetze des Universums besser verstehen lernen. Drei Tage später fand Max auf dem Schulweg eine kleine Broschüre, die er noch Tage zuvor niemals aufgehoben hätte. Auf der ersten Seite stand in grüner Schrift: Lerne die Gesetze des Universums für ein besseres Leben kennen. Abends im Bett nahm Max die Broschüre hervor und las die wenigen Sätze und erkannte, dass Magnus ihm durch seine Ratschläge die Gesetze schon genannt hatte.

1. So, wie du denkst, wird dein Leben werden,
2. Nicht zweifeln, sondern fest im Glauben sein,
3. Wünsche aussenden.

Eines Nachts träumte Max einen so real erscheinenden Traum. Er sah einen jungen Mann von 24 Jahren, der anders aussah als er. Max wusste aber, dass er dieser junge Mann war. Er stand auf einem Dach eines großen Hauses mit einer goldenen Kuppel. Max sah die Füße des jungen Mannes, die gekleidet waren mit seltsamen Schuhen, die aussahen wie bunte Pantoffeln, die vorn ganz spitz zuliefen und einen Bommel auf der Spitze hatten.

Sein Blick ging weiter nach oben. Die Pumphose und die Jacke waren aus feinster Seide. In der Hand hielt er ein Schreiben, das das Datum 1834 hatte, und sein Blick starrte in Ferne.

Max fühlte die Angst des jungen Mannes, entsetzliche Angst, die ihm den Atem raubte. Drei Personen standen um ihn herum, bis auf einmal einer der Personen einen Sprung auf ihn zu machte und ihm einen Dolch in den

Bauch stieß. Der junge Mann ging zu Boden. Eine der anderen Personen bückte sich und legte einen Arm unter seinen Kopf. Tränen rannen aus den Augen dieser Person und er hörte die Worte: Bruder, mein lieber Bruder, warum musste es so weit kommen? Die anderen Personen standen stumm in weiterer Entfernung und schauten auf die beiden runter. Der junge Mann drehte seinen Kopf zu den anderen Personen und fühlte Angst, Verzweiflung und Traurigkeit aufkommen. Er war so traurig, verraten worden zu sein, und schloss in diesem Augenblick seine Augen für immer.

Max erwachte erschrocken auf und zwei Tränen kullerten aus seinen Augen. Er dachte an Magnus und ein kleiner Lichtball tanzte im dunklen Zimmer hin und her. „Magnus," fragte Max, „soll mir der Traum etwas sagen?" „Lieber Max, du hattest gerade die Möglichkeit, zu sehen, woher deine Opferrolle in diesem Leben stammt. Du hast dich in deinem früheren Leben auf der Erde gesehen, als du ein Sohn eines Sultans im Orient warst und du von deinem Bruder und von Vertrauten hingerichtet wurdest, weil du schlechte Machenschaften dieser Leute aufgedeckt hast. Mit diesem Gedanken der Angst und des Verrates hast du das Leben verlassen und es mit ins neue Leben genommen. Das hat dazu geführt, dass du aufgrund des Gesetzes der Anziehung wieder Menschen in dein Leben geholt hast, die dir arg zusetzen. Wenn man die Gesetze des Universums kennt, kann man alles wieder bereinigen und ein bereinigtes Leben führen. Du musst nur die Ohren und Augen offen halten, damit du erkennst, was du anders machen kannst. Wenn man erkennt, dass man etwas aus einem früheren Leben mit in dieses Leben genommen hat, was das jetzige Leben nicht rund laufen lässt, muss man auch mit dem früheren Leben und den früheren Peinigern Frieden schließen, um Frieden in dem neuen Leben zu haben. Stell dir nun vor, wie du das machst. Geh an den Punkt deiner letzten Minuten in das frühere Leben und vergib den Peinigern. Lege die Angst und die Trauer ab und verzeih."

Wenn man in ein neues Leben geboren wird, nennt man das Inkarnation.

Magnus kam ab jetzt nur noch selten, weil Max verstanden hat, wie er sein Leben gestalten muss, damit er nicht mehr von Rüpi aufs Korn genommen wird, dass er fest an sich und das glauben muss, was er erreichen möchte, und dass Wünsche in Erfüllung gehen können. Rüpi nahm sich immer mehr zurück und Marie war eine gute Klassenkameradin geworden. Eines Tages kam Frau Wiedemann morgens mit einem Jungen in die Klasse, der mit seiner Familie in die Stadt gezogen war. Sie wies dem Jungen den freien Platz neben Max zu und sagte: „Max, kümmere dich ein bisschen um Magnus, der kennt in unserer Stadt noch niemanden."

Magnus, dachte Max, was für ein Zufall. Aber gibt es überhaupt Zufälle? Ob da jemand nachgeholfen hat?

Später erfuhr Max, dass Magnus Vater ganz kurzfristig eine neue Arbeitsstelle bekommen hatte und die Familie schnellstmöglich umgezogen ist. Mit Magnus traf sich Max häufig zum Spielen und Hausaufgaben machen. Max Schulnoten wurden auch besser, weil Magnus Max Unklarheiten in der Mathematik erklären konnte. Manchmal trafen sich die beiden mit Marie. In der Nähe lag ein kleiner See, in dem sie schwimmen konnten, Boot fahren oder in dem kleinen Bistro etwas trinken oder essen.

Immer wieder erinnerte sich Max an die Regeln des Universums und wandte sie in allen Lebenslagen an. Einmal war er eifersüchtig auf Magnus, weil er häufiger mit Marie zusammen war als er. Da erinnerte er sich daran, dass seine Gedanken die Situation nur noch verschlimmern würden, weil seine Gedanken die Realität formen. Er sandte beiden gedanklich Frieden zu, stellte sich vor, wie alle drei zusammen beim Eis essen im Bistro saßen und lustig miteinander umgingen. Keine 20 Minuten später rief Magnus an und fragte Max, ob er Lust hätte, zum See zu fahren. Nach knapp einer Stunde tauchte Marie mit ihrer Freundin dort auf und sie hatten zusammen eine schöne Zeit. Von da an unternahmen sie manchmal etwas zu viert.

Wenn Max weiter eifersüchtig gewesen wäre, hätte er mit der Kraft seiner Gedanken alles verschlimmert. Bringt er seine negativen Gedanken in den positiven Bereich, dann wird alles gut. Max hatte sich vor einem Jahr entschieden, einem Fußballverein beizutreten und hatte viel Spaß beim Training und den wöchentlichen Fußballspielen gegen andere Vereine. Bei einem Spiel stand es für die eigene Mannschaft 3 : 1 und die gegnerische Mannschaft spielte schon sehr aggressiv vor Angst, das Spiel zu verlieren. Max sprintete in Richtung gegnerisches Tor und spürte auf einmal einen Tritt gegen sein Schienbein. Die Nr. 8 hatte ihn gefoult, um ein Tor zu verhindern. Max stürzte und hielt sich sein Bein vor Schmerzen. Er musste ausgewechselt werden. Abends war das Bein angeschwollen und Max konnte kaum noch laufen. Am nächsten Morgen ging er zum Arzt und das Bein wurde geröntgt. Es war kein Bruch, aber eine schlimme Zerrung durch das Umknicken beim Fall. Am nächsten Wochenende sollten die Stadtmeisterschaften stattfinden, und Max sorgte sich, dass er bis dahin nicht mehr fit werden würde. Immer wieder überkamen ihn diese Sorgen, bis Magnus sich wieder meldete und ihm sagte, dass er, je mehr er sich sorgte, nicht wieder gesund zu werden bzw. dass sein Bein nicht wieder für die Stadtmeisterschaft belastbar wird, es auch so sein wird. Er solle vertrauen und davon ausgehen, dass alles wieder gut sein würde. Sobald ihn der Gedanke käme, es könne schlecht für ihn ausgehen, solle er sofort alles ins Positive kehren und fest davon überzeugt sein, dass er an den Stadtmeisterschaften teilnehmen wird. Ihm lag so viel daran. „Magnus, wie kann ich denn davon überzeugt sein, wenn ich doch befürchte, nicht mitspielen zu können?" fragte Max. „Mein lieber Max, benutze mehrfach täglich die Affirmation: „Mein Bein ist wieder zu 100 Prozent geheilt!" Und stell dir vor, dass ein grünes Heillicht dein Bein umschließt. Deine Gedanken helfen bei der Genesung mit." Max tat, wie ihm aufgetragen wurde und er merkte schon nach wenigen Tagen, dass sein Bein wieder voll funktionsfähig war und freute sich auf die Stadtmeisterschaften.

Tage später sollte das jährliche Sommerfest in der Schule stattfinden. Alle hatten gute Laune und es kam zu keinen negativen Zwischenfällen. Sogar Rüpi war friedlich und hatte außer einigen dummen Bemerkungen nicht viel zu melden. Wie jedes Jahr fand ein Geschicklichkeitsspiel statt, und Max wollte wie jedes Jahr nicht daran teilnehmen, weil ihm diese Spiele häufig misslangen. Da hörte er Magnus' Stimme: „Max, du kannst alles, wenn du nur möchtest." Max überlegte kurz und meldete sich an. Er belegte zwar nicht den ersten oder zweiten Platz, aber der dritte Platz war ihm sicher. Max fühlte sich super und würde niemals mehr bei einer Sache kneifen. Frau Wiedemann rief zum Abschluss alle Schüler zu einem Gruppenfoto zusammen. Was sie später zu sehen bekam, erstaunte sie sehr. Über einigen Kindern schwebten runde Energiekugeln, die Orbs. Über Max und Marie leuchteten die Orbs besonders intensiv.

Orbs sind bei harmonischen Festen immer zugegen, und manche Leute können sie fotografieren oder filmen, und Max konnte sogar Magnus sehen und hören. Magnus hat

Max's Leben verändert. Er zeigte Max die richtige Denkweise, um alles zu erreichen, was er sich wünschte. Max's größter Wunsch war HARMONIE. Er wollte Frieden mit allen Menschen und Frieden in seinem Herzen.

Am Tag nach dem Sommerfest in der Schule machte sich die ganze Klasse auf, eine Burg in einer Kleinstadt, 200 km entfernt, zu besichtigen.

Der Bus hielt unterhalb der Burg und ein langer Marsch hinauf stand an. Sie kamen an vielen Hausruinen und verwilderten Gärten vorbei. An einer Hausruine war in Eisenlettern das Jahr 1802 angebracht und die Sonne schien durch das alte Gartentor und traf auf einen Granitstein, der hell aufleuchtete, so dass einige der Schüler stehenblieben. Max hörte wieder Magnus Stimme: „Max, Max, hier habe ich einmal gelebt und den großen Eichenbaum in der Mitte des Gartens habe ich selbst gepflanzt. Hinter dem Stück Gartenmauer, was noch erhalten ist, verläuft ein kleiner Bach. Irgendwann ist nichts mehr von all dem hier vorhanden." „Max", fragte Magnus: „Warum sind wir genau hier gelandet, an dem Haus, in dem du mal gewohnt hast." Magnus lachte laut auf: „Ich habe Frau Wiedemann immer wieder auf diese Burg aufmerksam gemacht, als sie den Ausflug plante, um dir mein früheres Zuhause zeigen zu können." Max bedankte sich bei Magnus, dass er ihn auf den Ausflug begleitet und sah ihn später in der Burg hin und herflitzen.

Abends, als Max wieder zuhause in seinem Zimmer war, fragte er Magnus danach, ob sie sich denn auch später mal, wenn Max als alter Mann in diese andere Dimension geht, wiedersehen würden und Magnus antwortete: „Wenn ich mich dazu entscheide, nicht noch einmal als Mensch auf dieser Erde geboren zu werden, um eine Aufgabe zu übernehmen, dann werde ich hier mit vielen anderen Seelen an der Schwelle stehen und dich empfangen. Wir sind niemals voneinander getrennt, auch bist du nicht von deiner Oma getrennt, die vor 3 Jahren verstorben ist; sie ist auch hier und schaut des Öfteren bei deiner Familie vorbei. Ihr müsst nur lernen, sie zu hören oder zu sehen. Ihr bekommt jede Frage beantwortet oder könnt jederzeit um Hilfe bitten." „Schau her, hier ist dein Großvater", sagte Magnus und neben ihm tauchte ein weiterer Orb auf. Der Mann in dem Orb lachte Max freundlich an und verschwand wieder.

„Solltest du einmal krank sein, kannst du auch mit der Kraft deiner Gedanken die Genesung beschleunigen. Du kannst mit deinen Gedanken Kontakt zum Universum aufnehmen und um die Energie bitten, die dein Körper für die Genesung benötigt. Einer wird dich bestimmt hören und dir helfen. Stell dir dann vor, wie ein helles Licht dir Kraft und Heilung bringt. Es gibt eine Methode, die Quantenheilung genannt wird. Man kann diese Methode mit der Quantenphysik erklären. Alles ist schwingende Energie – DU auch!"

Magnus ging nun wieder zurück in die höheren Dimensionen und leuchtete heller als je zuvor. Seine Energie war durch seine gute Tat angestiegen. Er konnte nun, was ihm vorher noch nicht möglich war, in Dimensionen reisen, die von ganz reinen Seelen bewohnt wurden. In dieser Dimension konnte man z.B. Jesus Christus treffen oder die Erzengel. Magnus fühlte sich in dieser Welt so schwerelos und glücklich. Eine lange Zeit verging, bis er irgendwie wieder von der Erde angezogen wurde. Als er mal wieder auf die Erde schaute, kam Erzengel Raphael auf ihn zu und berichtete ihm von einem Mädchen, das krank sei und Hilfe genötigte.

Jetzt verstand Magnus warum er wieder von der Erde angezogen wurde. Er spürte die Schwingungen des Mädchens Kathi, das Hilfe benötigte und sah sie nun auch vor sich. Kathi ist an Krebs erkrankt. Ein neuer Auftrag für Magnus.

Krankheit

Einige Menschen werden mit der Diagnose „Krebs" oder „chronische Erkrankung" überrascht, andere haben eine gewisse Vorahnung. Einige empfinden es als Todesurteil und haben erst einmal den Schock zu überwinden.

Andere nehmen die Krankheit an und suchen sich einen Weg, um zu genesen.

Man erfährt eine optimale medizinische Versorgung, aber die Psyche erhält keine Unterweisung, um die gerade gemachten Erfahrungen verarbeiten zu können und um den Weg der Genesung auch anzunehmen.

In Form einer Geschichte für Jugendliche erkläre ich die universellen Gesetze, die Denkweise, die man vornehmen muss, wenn man genesen will. Es ist so einfach, wenn man den Schlüssel dazu hat.

Im Theater wird abgedunkelt und die Gespräche der Zuschauer verstummen. Musik ertönt und Kathi, eine 13-jährige Schülerin des Neustadt-Gymnasiums und Teilnehmerin des Tanzseminars, betritt leichtfüßig die Bühne. Der Spot ist direkt auf Kathi gerichtet, sie tanzt, dreht sich mehrfach und bemerkt ein Stechen in der Brust, es wird ihr schwindelig und übel, wie schon mehrfach in der letzten Zeit. „Nur noch eine Formation, dann bin ich durch", denkt sie und gibt ihr Bestes. Doch zuletzt strauchelt sie und rettet die letzte Drehung durch eine Anlehnung an der Wand. Kaum ein Zuschauer wird das bemerkt haben, weil rechtzeitig die anderen Tänzer und Tänzerinnen des Seminars auf der Bühne erschienen sind. Nach ihrem Auftritt ging es ihr wieder gut und sie erzählte es ihren Eltern nicht, damit sie sich keine unnötigen Sorgen machten. Ihrer Tanzgruppe erklärte sie es so, wie es sich zugetragen hatte. „Kann schon mal passieren", meinte der Trainer, „du darfst vorher nicht so viel Cola trinken, das treibt den Blutdruck hoch und der Kreislauf kann aus dem Lot geraten." Doch drei Wochen nach diesem Vorfall bekam Kathi den nächsten Vorboten der Krankheit zu spüren.

Es ist sehr warm an diesem Vormittag im Juni. Die Schulklasse versammelt sich auf dem Sportplatz. Drei Runden sollen sie laufen und schon nach der ersten Runde bemerkt Kathi, dass sie nachlässt, schlechter Luft bekommt und hinter den anderen herlaufen muss. In der zweiten Runde wird ihr schlecht und schwindelig. Kathi stürzt und bleibt am Boden liegen. Sie kann nicht aufstehen. Die Sportlehrerin, Frau Bißlich, kommt zu ihr und fragt nach ihrem Befinden. Kathi kann kaum antworten. Frau Bißlich greift Kathi unter die Arme und zieht sie auf den Rasenstreifen. Danach nimmt sie Kathis Beine in die Hand und hält sie nach oben, damit sich der Kreislauf stabilisiert. Nach 20 Minuten ging es Kathi immer noch nicht besser, klagt über Schmerzen in der Brust und über Brechreiz, so dass Frau Bißlich beschließt, einen Arzt zu rufen. Der Arzt lässt Kathi ins Krankenhaus fahren, um die Lunge und das Herz eingehender untersuchen zu lassen.

Tage später sitzt Kathi in ihrem Zimmer auf ihrem Bett und weint. Ein schwerer Stein liegt ihr auf dem Herzen und lässt sie kaum atmen. Sie hat im Krankenhaus – nachdem man die Eltern hinzugerufen hatte – erfahren, dass sie einen großen Tumor in der Lunge hat, der nicht operiert werden kann. Man müsse zuerst eine Chemotherapie mit ihr machen, um den Tumor schrumpfen zu lassen. Zu lange ist die Krankheit unentdeckt geblieben. Ihr ging es aber auch erst in den letzten Wochen hin und wieder nicht gut. Schlimmes hat sie daher nicht vermutet. Viele Gedanken gehen ihr durch den Kopf. Erst vor einigen Wochen hatte man bei der Nachbarin, die vor sechs Monaten an Krebs erkrankt und operiert wurde, erneut einen Tumor festgestellt und die Chancen für eine Genesung stehen nicht gut.

Kathi überlegt, auch sterben zu müssen und dass ihre Eltern wieder Leid erfahren, wie damals, als ihr kleiner Bruder Jonas an Meningitis verstarb.

Lange hat sie schon nicht mehr gebetet – aber jetzt in ihrer Not kommen ihr die Worte nur so herausgesprudelt: Gütiger Gott und alle guten Wesen um ihn herum – ich bitte EUCH um Hilfe für mich. Bitte lasst mich wieder gesund werden, gebt mir die Kraft dazu. Ich bin erst 13 Jahre alt. Sie schloss ihre Augen und sah in Gedanken einen Mann vor sich, wie sie ihn aus Religionsbüchern kannte. Er hatte ein weißes Gewand an und eine goldene Aura um sich herum. Er schaute freundlich aus, schaute nur und sagte nichts. Kathi wunderte sich, dass sie diese Gestalt so deutlich vor ihrem inneren Auge sehen konnte. Wer war er nur und warum konnte sie ihn so deutlich sehen. Sie träumte nicht, sie war hellwach. Aber für eine Sekunde lang hatte sie das Gefühl, als ob er ihr wirklich ins Gesicht schaute, wirklich anwesend war. Augenblicklich hörte sie auf zu weinen, eine tiefe Ruhe überkam sie und sie schlief endlich ein.

Mitten in der Nacht träumt sie von diesem Mann, der am Rand einer Blumenwiese steht und einem Mädchen hinterher schaut, das über diese Wiese läuft. Dieses Mädchen ist Kathi. Sie läuft immer schneller, immer schneller und auf einmal kommt ihr ein kleiner Junge entgegengelaufen. Sie erkennt ihn als ihren kleinen Bruder Jonas, der vor vier Jahren verstorben war. Sie umarmen sich herzlich und ganz langsam löst sich der Bruder auf. Er wird immer durchsichtiger und ist auf einmal weg. Kathi schaut sich nach ihm um und sieht zwei Meter von sich entfernt nur einen anderen Jungen stehen, der etwa so alt ist wie sie. Sie schätzt ihn auf ungefähr 14.

Er lächelt sie an und sagt: „Ich bin Magnus und werde dir in den nächsten Monaten immer zur Seite stehen, wenn du mich rufst." Um Magnus herum bildet sich ein leuchtender Kreis und verändert sich so lange, bis er zu einer Kugel wird und Magnus Kopf nur noch darin zu sehen ist. Dann bewegt die Kugel sich weg und Kathi wacht auf.

Morgen soll sie wieder ins Krankenhaus kommen und mit der Chemotherapie beginnen. Vorsorglich hat Kathi ihr schönes langes Haar in einen feschen Kurzhaarschnitt wandeln lassen, damit der Abschied von ihren langen Haaren nicht so krass ausfällt. Meistens verliert man während der Chemotherapie die Haare. Tolle Mützen und Kappen hat sie sich schon besorgt und einige Sportkleidung. Schlafanzüge wollte sie im Krankenhaus nur nachts tragen. Nachdem die Eltern sich von Kathi im Krankenhaus verabschiedet hatten, fühlte sie sich sehr einsam und weinte still vor sich hin, bis sie vor sich eine kleine Lichtkugel sah, die sich hin und her bewegte und manchmal durch das Zimmer sauste. Augenblicklich wurde Kathi von ihrem Seelenschmerz abgelenkt, ihr wurde warm ums Herz. Die Kugel leuchtete von Minute zu Minute heller und ihr kam es so vor, als ob sie ein Gesicht erkennen konnte, doch bevor sie noch intensiver hinschauen konnte, war die Lichtkugel verschwunden.

Es war Magnus aus der anderen Welt, der Kathi besuchte. In Form einer Energiekugel war es ihm möglich. Magnus war ein Verstorbener, der als junger Mensch vor mehr als 40 Jahren in die andere Welt übergegangen ist. Alle

Verstorbenen erhalten im Jenseits eine Aufgabe und Magnus` Aufgabe war es, sich hin und wieder um Menschen zu kümmern, die Hilfe in einer Notlage oder vor einer wichtigen Aufgabe erbeten. Magnus letzte Aufgabe war noch nicht lange erledigt. Er stand Max bei, der als Schüler in einer Schule Erfahrungen mit Mobbing machen musste. Max ging es jetzt wieder gut und Magnus konnte zurück in die andere Welt. Das Reisen zwischen den Welten dauert nur Bruchteile einer Sekunde. Wenn die Menschen, die Magnus zugeteilt wurden, um Hilfe bitten, kann er sofort da sein und ihnen helfen, den richtigen Weg oder die richtige Lösung zu finden. Manchmal begleiten ihn Engel auf seiner Reise, um Heilung zu bringen. Aber die Menschen müssen den Weg zur Selbstheilung selber finden und mithelfen. Da fängt Magnus` Aufgabe an.

Für Kathi ist es Zeit für die erste Chemotherapie. Alle Vorbereitungen wurden getroffen und da war sie wieder, diese Angst und Traurigkeit, die ihr zu schaffen machten. Kathi fing an zu beten: „Lieber Gott, ich habe schon lange nicht mehr an dich gedacht und habe dich um nichts mehr gebeten – aber bitte hilf mir jetzt. Hilf mir, dass ich das hier überstehe und noch lange leben kann. Bitte, bitte, bitte." Augenblicklich erschien diese Lichtkugel wieder. Soll das ein Zeichen für mich sein, dachte Kathi. Hat Gott mich gehört?

Sie hörte eine leise Stimme im Kopf: „Gott hört dich immer, aber ich bin nicht Gott, ich bin nur dein Begleiter Magnus, der dir nicht von der Seite weichen wird, solange du mich brauchst." „Bist du die Lichtkugel?" fragte Kathi. „Ja", antwortete Magnus, „wenn du mich besser sehen möchtest, musst du es nur wollen und schon kannst du mein Gesicht in der Lichtkugel erkennen. Die Kugel nennt man Orb auf dieser Erde. Du hast auf manchen deiner Fotos, auf dem du dich befindest, helle Kugeln entdeckt und gefragt, was das sein könnte. Manchmal war dein kleiner Bruder auf den Fotos und manchmal auch ich oder deine Oma. Wir kommen hin und wieder mal zur Erde und besuchen unsere Angehörigen oder helfen anderen Menschen. Das war schon immer so, aber erst in den letzten Jahren ist es durch die Weiterentwicklung der Kameras und Filmapparate möglich, uns zu sehen. Manche Menschen – so wie du jetzt – können uns auch mit bloßem Auge entdecken. Ich werde dir sagen, was du tun musst, damit du wieder gesund wirst."

„Zuerst einmal darfst du keine Angst vor der Chemotherapie haben; deshalb machen wir jetzt eine Übung", sagte Magnus.

Stell dir vor, dass du in einem dunklen Raum stehst und nur eine Schatztruhe wird angeleuchtet. Du siehst die Truhe mit einem großen Schloss. Den Schlüssel dafür hast du in der Tasche. Du öffnest die Truhe mit dem Schlüssel und hebst den Deckel hoch. Heraus kommen in Form von

Seifenblasen Angst, Wut und Trauer. Du siehst, wie eine Blase nach der anderen aus der Truhe kommt und zerplatzt. Es kommen so lange Seifenblasen heraus, bis die Truhe leer ist. In einer Blase sitzt dein kleiner Bruder, der dir zuwinkt und sagt: Alles ist gut und mir geht es gut hier. In einer anderen Blase siehst du, wie du im Bett liegst und die Flüssigkeit dir über den Port (angelegter Zugang) zugefügt wird. Nehm sie an mit dem Gedanken, dass sie deinem Körper den Impuls gibt, auf Heilung umzustellen und die Nebenwirkungen atmest du einfach weg – raus aus deinem Körper. Beginn jetzt damit. Stell dir vor, wie das Mittel zu deinem Tumor fließt und ihn einkapselt und wie dann der Rest der Flüssigkeit aus deinem Körper verschwindet, indem du sie einfach ausatmest und Reste über die Haut verdunsten. Zur Unterstützung kannst du an dem Tag und dem Tag danach auch noch Nux Vomica Globulis in der Potenz C 30, dreimal täglich 3 Stück, einnehmen. Du wirst sehen, dass du dann nicht mit Übelkeit, Erbrechen und Durchfall zu kämpfen hast."

„Magnus", sagte Kathi, ich kann dich jetzt sehen. Du bist der, der mir vor einigen Tagen zusammen mit meinem Bruder im Traum begegnete. Ja, du bist es wirklich."

An den Tagen zwischen den Anwendungen kam Magnus, um mit Kathi eine weitere Übung zu machen. „Kathi" sagte Magnus leise", bist du bereit für eine Übung, die deine Heilung unterstützen wird?" „Ja, Magnus, ich will wieder gesund werden."

„Dann lege dich jetzt ganz ruhig hin, schließe die Augen und stell dir vor, dass von oben aus dem Universum direkt durch dein Kronenchakra, was sich oberhalb des Scheitels auf deinem Kopf befindet, ein grünes, warmes, heilendes Licht in dein Gehirn fließt. Stell dir vor, wie jede kleine Drüse im Gehirn und jede kleine Zelle mit diesem Licht erfüllt wird und wie beide Gehirnhälften sich miteinander verbinden. Neue Wege werden gebaut und du fühlst, wie dein Gehirn ganz sanft pocht. Jetzt lässt du dieses grüne Licht hinunter zum Hals in die Schilddrüse ziehen. Du siehst, wie die ganze Schilddrüse grün leuchtet und angeregt wird, optimal zu arbeiten. Nach einer Weile leitest du das grüne Heillicht zum Tumor. Du siehst, wie der Tumor von diesem Licht ganz umschlossen wird. Du fühlst, wie dieses Licht arbeitet und ganz langsam diesen Tumor schrumpfen lässt.

Diese Übung machst du 1 x täglich und du wirst sehen, wie gut du mit dieser Übung die Selbstheilung anregst und aktiv mithilfst bei der Bekämpfung des Tumors. Man kann diese Übung jederzeit auch anders anwenden. Wenn die Leber zum Beispiel entgiftet werden oder die neue Lebensenergie in den Nebennieren aufgebaut werden muss oder auch bei einem Knochenbruch usw." Kathi öffnete die Augen und sagte: „Magnus, ich bin total erschöpft, die Reise durch meinen Körper hat mich müde gemacht. Ich habe alles wirklich vor meinem inneren Auge gesehen und fühle mich jetzt zuversichtlicher als jemals zuvor, dass ich wieder gesund werde." „Ich gehe dann jetzt – schlaf gut, Kathi", sagte Magnus.

Kathis Eltern sind sehr verzweifelt, verdrängen aber ihre Trauer vor Kathi. Sie bemerkt es trotzdem, dass die Eltern wie auf einem Pulverfass sitzen, das jeden Augenblick explodieren kann. In Gedanken ruft sie zwei Tage später Magnus wieder zu sich und erzählt ihm die Sorgen um ihre Eltern. „Kathi", sagt Magnus, du darfst dir jetzt keine Sorgen machen, jetzt musst du an dich denken. Aber ich verstehe die Sorge um deine Eltern. Sag ihnen heute, wenn sie dich besuchen kommen, folgende Worte: Meine Zeit ist noch nicht gekommen, ihr müsst euch keine Sorgen machen, dass ich es nicht schaffen werde. Ich fühle eure Sorgen. Unterstützt mich bitte mit euren Gedanken. Ihr müsst mir positive Gedanken schicken. Ihr müsst davon überzeugt sein, dass ich es schaffe. Verdrängt eure Angst.

Magnus hat gesagt, was ich zu tun habe, um gesund zu werden und Kathi erzählte ihren Eltern von Magnus, wie er das erste Mal zu ihr kam und wie er ihr zeigt, wie sie gesund werden würde. Der Mutter liefen Tränen die Wangen herunter und auch der Vater hatte feuchte Augen und räusperte sich: „Kathi, hast du das alles geträumt?" fragte er. Die Mutter schaute sehr verdutzt rein und sagte kein Wort. „Kathi, war das ein Traum?" fragte er noch einmal. „Nein Papa, es ist Wirklichkeit. Er ist oft bei mir. Er war ein Mensch, der vor vielen Jahren verstorben ist und jetzt in einer Lichtkugel reist, zu Menschen, die Hilfe benötigen. Diese Aufgabe wurde ihm im Himmel zugeteilt. Sie können jedes Alter annehmen. Kein 80jähriger der verstirbt, ist dort oben 80 Jahre alt. Wir nennen die Lichtkugel auf der Erde Orb. Auf Fotos zeigen sich oft solche Orbs. Es ist an der Zeit, dass wir ihre Hilfe annehmen, dass wir ihre Existenz anerkennen. Wir sind niemals allein und wenn wir sterben müssen, legen wir nur unseren Körper ab und unsere Seele, unser Bewusstsein, geht in eine andere Dimension. Von dort aus haben wir dann immer die Möglichkeit, mit unseren Verwandten Kontakt auf- zunehmen. Leider hören sie uns oft nicht, weil sie denken, dass das, was sie gerade sehen, nur eine Einbildung oder ein Traum ist."

In der Nacht hatte Kathi einen seltsamen Traum. Ihr kleiner Bruder nahm sie an die Hand und führte sie über eine wunderbare Blumenwiese auf eine Freiluftbühne. Er gab Kathi ein wunderschönes grün gemustertes Kleid, das sie überziehen sollte, und sagte ihr, sie solle nun auf die Bühne gehen und tanzen. Musik ertönte und Kathi, die wieder volles Haar hatte, tanzte zu dieser Musik. Sie schwebte über den Boden, dreht sich, tanzte gemeinsam mit anderen Tänzern und Tänzerinnen aus ihrer Tanz-gruppe und als sie den Tanz beendete, applaudierten die Zuschauer, die sie vorher nicht bemerkt hatte. Kleine Sterne fielen vom Himmel auf die Bühne und viele Orbs tummelten sich zwischen den Sternen. Magnus war auch dabei und leuchtete heute in einer besonders schönen violetten Farbe. Kathi hatte das Gefühl, als ob sie in diesem Moment, als sie Magnus in seinem violetten Orb erblickte, dahinter in eine andere Dimension schauen konnte, in der alles wunderbar bunt aussah. Wiesen mit leuchtenden Blumen, große gesunde Bäume, Engel, die herumschwebten und Personen, die über die Wiesen liefen.

Dann schaute sie ins Publikum. Dort saßen ihr Bruder, ihre Eltern und Großeltern, die Ärzte und Krankenschwestern, Lehrer und Freundinnen. Sie applaudierten immer heftiger und sie hörte eine Stimme rufen: „Kathi aufwachen, aufwachen, aufwachen."

Jetzt wachte sie auf und eine Krankenschwester stand mit dem Frühstück vor ihrem Bett. Kathi rieb sich die Augen und strahlte die Krankenschwester an. „Schwester Inge, ich weiß, dass ich wieder tanzen werde. Irgendwann werde ich wieder tanzen." „Das wirst du bestimmt wieder, Kathi", antwortete Schwester Inge.

40

Als ihre Mutter am Nachmittag zu ihr kam, erzählte sie ihr von dem Traum, von ihrem kleinen Bruder, der sie auf eine große Bühne geführt hat und ihr zeigte, dass sie wieder tanzen würde. „Und Mama", sagte Kathi, ich hatte so schöne Haare wie nie zuvor." Kathis Mutter hörte sich alles sehr schweigsam an. Tränen hatten ihre Augen gefüllt und nachdem sie sich die Nase geputzt hatte, sagte sie endlich: „Kathi, auch ich hatte letzte Nacht einen Traum. Ich habe deinen Bruder Jonas und dich auf einer großen Wiese zusammen gesehen. Ihr habt mir zugewinkt und Jonas rief mir zu: Mama ich liebe dich, Papa und Kathi. Mach dir keine Sorgen, Kathi wird wieder gesund. Ich habe es nur als Traum wahrgenommen. „Meinst du, Kathi, Jonas war wirklich da und hat im Traum mit mir geredet?" „Bestimmt, Mama, war er da, bestimmt." Kathi und ihre Mutter nahmen sich in die Arme und drückten sich fest.

Am nächsten Tag stand wieder eine Chemotherapie an und Kathi tat, was Magnus ihr mit auf den Weg gegeben hatte. Während der Übertragung stellte sich Kathi vor, wie die Lösung zum Tumor fließt und ihn einkapselt und verkleinert. Den Rest der Lösung atmete Kathi aus und ließ sie gleichzeitig über die Haut ausfließen und verdunsten. Mehrfach während der Zeit machte sie das so und ihr wurde auch nicht übel und schwindelig. Ihr ging es gut. Bei der ersten Übertragung ging es ihr dabei und Tage später sehr schlecht. Sie hat sich sehr krank gefühlt. Obwohl Magnus ihr schon vor der ersten

Übertragung mitteilte, wie sie es handhaben sollte, war sie noch nicht bereit dazu, es umzusetzen. Aber heute war sie bereit, es umzusetzen und es ging alles so gut, als wenn sie nur einen Cocktail aus Vitaminen bekommen hätte. „Danke Magnus" rief sie laut ins Universum.

Eines Nachmittags kamen zwei Klassenkameradinnen zu Besuch. Kathi saß in ihrem Bett, hatte ein buntes Tuch auf dem Kopf und ein Buch in der Hand, als die Tür aufgemacht wurde. Pia und Jana standen in der Tür und kamen mit einem unsicheren Lächeln ins Zimmer. „Hallo Kathi", sagten die beiden und legten ihre Mitbringsel aufs Bett. Sie wussten nicht, wie sie das Gespräch beginnen sollten. Sie hatten Kathi noch nie ohne Haare und so blass gesehen. Sie kamen, um eine dem Tod geweihte Person zu besuchen, wie man aus ihren Mienen lesen konnte. „Hey Leute", sagte Kathi, „ich hab zwar momentan keine Haare mehr, aber ansonsten bin ich dieselbe." Was macht Lockner, unser Englischlehrer", begann Kathi. „Sieht er immer noch so gut aus?" und lachte laut. Den beiden Mädchen fiel ein Stein vom Herzen und sie tauten auf. Sie erzählten die neuesten Geschichten aus der Schule und alberten herum. Zum Abschied fragte Pia, ob sie ein Foto mit ihrem Handy von allen dreien zusammen machen dürfte. Kathi hatte nichts dagegen und fragte Magnus in Gedanken, ob er auch Lust hätte dazuzukommen. Ihr könnt euch vorstellen, wie strahlend Magnus auf dem Foto zu sehen war. Ein Foto von Pia, Jana, Kathi und Magnus. Nach der dritten Übertragung wurde eine Kontrolluntersuchung vorgenommen. Die Lunge wurde erneut geröntgt und zur Verwunderung des betreuenden Arztes war der Tumor schon so weit geschrumpft, wie bei kaum einem anderen Patienten nach so kurzer Zeit. Man überlegte, in 10 Tagen zu operieren, und Kathi durfte in der Zwischenzeit nach Hause. Jeden Tag machte Kathi ihre Übungen, ließ den Tumor mit Hilfe der grünen Energie schrumpfen und leitete überschüssige Gifte aus dem Körper aus. Sie fühlte sich von Tag zu Tag besser. Nach 10 Tagen war es dann soweit. Sie packte ihre Tasche fürs Krankenhaus.

In der Nacht träumte sie wieder sehr intensiv. Magnus war in ihrem Traum zugegen und sagte ihr, sie solle den Arzt bitten, nochmals ein Bild von ihrer Lunge zu machen, weil du unbedingt sehen möchtest, ob sich noch etwas verändert hat. Morgen wirst du eine Überraschung erleben. Sie träumte dann wieder von dieser schönen Blumenwiese, auf der ihr Jonas und Magnus das erste Mal im Traum begegnet sind, und sah eine goldene Pyramide mit einem großen Tor vor sich. Sie öffnete das Tor und ging hinein. Es war ganz dunkel in der Pyramide, nur ein kleines Licht leuchtete im Zentrum. Bis dahin ging sie vor. Sie hörte eine Stimme sagen: „Die Pyramide stellt deine Seele dar und das kleine Licht ist der Punkt der Archivierung in der Seele, da, wo alles abgespeichert ist, was dir jemals widerfahren ist. Schau dich jetzt um, du wirst viele Türen entdecken, aber nur eine Tür ist beleuchtet. Diese Tür wählst du aus und gehst in den Raum dahinter. Kathi tat, wie ihr aufgetragen wurde und öffnete die Tür, betrat den Raum und sofort umgab sie grünes, warmes Licht. Sie hatte das Gefühl, das dieses Licht durch ihren Kopf in den Körper in jede Zelle drang. Sie sah, wie jede Zelle miteinander durch Lichtzeichen kommunizierte. Als ihr Blick auf ihre Lunge viel, war dort kein Tumor mehr zu sehen. Sie hörte die Stimme sagen: „Schau, vor dir liegen zwei Wege, ein heller und ein dunkler Weg. Du wählst jetzt den hell erleuchteten Weg hinaus aus der Pyramide in Gesundheit und Glück. Geh jetzt!" Kathi ging hinaus und befand sich wieder auf der Blumenwiese. Sie streckte die Arme gen Himmel und wachte auf.

An diesem Morgen fuhr Kathi mit ihrer Mutter zuversichtlich zum Krankenhaus zur OP-Besprechung für den nächsten Tag. Kathi tat, was Magnus ihr aufgetragen hatte und fragte den Arzt. Dieser antwortete: „Kathi, das habe ich sowieso in Erwägung gezogen und schickte sie in die entsprechende Abteilung. Als Kathi mit den Röntgenbildern wieder auf die Station kam, hatte sie ein Gefühl wie vor der Bescherung am Heiligen Abend. Jede Minute wurde für sie so lang wie noch nie. Als Doktor Brauer ihr die Aufnahmen abnahm, um sie zu betrachten, war er sehr erstaunt. Auf den Bildern war kein Tumor mehr zu sehen. Er rief in der Radiologie an, um sich zu vergewissern, ob die Aufnahmen nicht vertauscht wurden. Es blieb aber dabei: Kathi war gesund – der Tumor war verschwunden.

Noch einmal hörte sie Magnus leise in ihr Ohr sprechen: „Kathi, denke immer daran: Deine Gedanken kreieren dein Leben. So wie du denkst, wird es eintreffen."

Magnus Auftrag war erfüllt und er begab sich wieder in eine andere Dimension, um dort auf eine neue Mission zu warten.

In dieser Dimension verweilen die Seelen, die von der Erde gekommen sind, nachdem sie verstarben. In dieser Dimension erkennen Sie, was sie im früheren Leben nicht richtig gemacht haben und erhalten Aufgaben, um zu reifen. Personen, die während ihres Lebens anderen Menschen geschadet haben, leben eine Stufe unter dieser Dimension und müssen nachhaltiger geschult werden, bis sie dann aufsteigen in die nächste Dimension. Es gibt mehrere Dimensionen, die man je nach Reife „bewohnen" darf. Manchmal entscheidet sich ein Bewohner (eine Seele), aus einer Dimension erneut auf die Erde zu inkarnieren, um Erfahrungen zu machen, die er noch gerne auf der Erde machen möchte, bevor er wieder zurückkehrt. Wenn wir wollen, können wir jederzeit Kontakt mit diesen Dimensionen aufnehmen. Die meisten Menschen hören und sehen allerdings nicht, wenn diese Seelen uns was mitteilen möchten. Manchmal nimmt ein lieber Verwandter mit uns Kontakt auf, weil er uns helfen möchte, durch eine Situation zu kommen, die wir schlecht allein bewältigen können. Es werden uns viele Zeichen gegeben, die wir oft nur als Zufall abtun. Man sollte während einer medizinischen Behandlung immer seine Gedanken auf Heilung richten, denn ohne den Willen, wirklich gesund zu werden, hilft auch die Medizin nicht. Mit Kraft seiner Gedanken und alternativen Heilmethoden, wie zum Beispiel der Quantenheilung oder Homöopathie, unterstützt man merklich den Genesungsverlauf.

Erkenne die Gesetze des Universums

Fühl dich ein in die Welt der Harmonie, damit dein Herz und dein Gesicht bekomme den Glanz des Lichts und dass du aufsteigst mit Leichtigkeit, die dich von allen Sorgen befreit.

Nimm die Hand, die dir gereicht wird, aus dem Universum an und geh den erhellten Weg aus der Dunkelheit in die grenzenlose Freiheit des Glücks.

Werde gesund!

Liebeskummer

Lena und Lars kennen sich schon aus der Grundschule. Ihre Liebe ist mit den Jahren gewachsen. Zuerst war es nur Freundschaf bis zu dem Tag, als die 10. Klasse auf Klassenfahrt ging. Am Lagerfeuer war auf einmal dieses Prickeln am ganzen Körper, als Lars so ganz nah bei Lena saß und auf der Gitarre spielte. Sie schauten sich an und Lars hörte für einen kurzen Augenblick auf zu spielen. Eine bestimmte Vertrautheit lag in ihren Blicken und das Verlangen nach Zärtlichkeit.

Sie entfernten sich von der Gruppe und gingen Hand in Hand den schmalen Pfad zum Dorf hinunter. Es war schön, aber irgendwie verwirrend. Jahrelang haben sie viel miteinander unternommen und nicht diese Gefühle füreinander verspürt und jetzt gingen sie Hand in Hand. Sie redeten kein Wort miteinander, gingen schweigend immer weiter und weiter, bis Lars sich vor Lena stellte und sie zärtlich küsste. Von da an waren sie ein Paar.

Jahre vergingen und beide machten nach dem Abitur eine Ausbildung. Sie schmiedeten Zukunftspläne, konnten kaum einen Tag ohne den anderen verbringen und eine Trennung wäre beiden nie in den Sinn gekommen. Doch wie bei vielen Paaren schlich sich nach Jahren eine Eintönigkeit ein. Die Schmetterlinge waren aus dem Bauch verschwunden.

Lena wurde unzufrieden mit ihrem Leben – dem Leben mit Lars. Sie hatten beide in den Jahren vergessen, dass ihre Freundschaft etwas ganz besonderes war und nahmen sie als selbstverständlich hin. Die beiden gaben sich nicht mehr das Gefühl das WICHTIGSTE in ihrem Leben zu sein. Lena erkannte erstmalig an Lars etwas, was ihr nicht gefiel. Es fing an sie zu nerven, wenn Lars keine Lust hatte zu einer Karnevalsfeier zu gehen, es nervte sie, dass er ein ruhiger Mensch war und vieles mehr. Lena fasste einen Entschluss. Sie wollte Abstand von Lars für mehrere Monate, um sich über ihre Gefühle im Klaren zu werden.

Lars hatte kaum eine Veränderung in der Beziehung wahrgenommen und war total am Boden zerstört, als Lena ihm die Entscheidung offenbarte. Da er Lena liebte, willigte er ein und musste sich täglich maßregeln Lena nicht zu kontaktieren. Seine süße Lena nicht in seiner Nähe zu wissen und die Angst, dass sie nicht mehr zusammenfinden würden brachte ihn dazu wieder zu beten. Er besann sich, wie er als Kind mit Gott oder seinem Schutzengel sprach. Er besann sich, wie er diese Wärme verspürte, wenn er betete oder einfach nur einige Worten ins Universum schickte.

Er betete zum Universum, ihm die Stärke zu geben, die er benötigt, um diese Zeit zu überstehen. Da wir im Universum, von Gott, Jesus Christus, den Engeln und anderen guten Mächten gehört werden, geht ein wirklicher Hilferuf nicht verloren. Wenn wir aus tiefem Herzen das Universum kontaktieren, werden wir erhört. Das Universum kennt auch Lenas Gedanken und weiß, wie die Trennungszeit ausgehen wird. Lars Schutzengel Najamel und der Orb Magnus, der vor vielen Jahren mehrfach auf der Erde gelebt und schon vielen Menschen in der Not die richtigen Impulse zur Selbsthilfe gegeben hat, schauen nachdenklich auf Lars. Wenn ein Mensch um die Wiedervereinigung mit seiner Liebsten bittet, diese aber ein anderes Ziel verfolgt, treffen hier zwei Wünsche aufeinander. Da geht es nicht darum, wer nun die besten Verbindungen nach Oben hat, sondern wie stark der Wunsch ist und wie oft er ins Universum gesandt wird.

Außerdem kann man als Seele, bevor man auf die Erde inkarniert ist, sich genau diesen Schmerz ausgesucht haben. Liebeskummer zu erfahren war vielleicht das Ziel. Es können aber auch Altlasten aus früheren Leben genau zu dieser Trennung geführt haben.

Immer wieder betete Lars, dass sich alles wieder zum Guten wenden würde. Sein Schutzengel Najamel konnte seine Traurigkeit spüren und versuchte immer Lars zu einigen Unternehmungen zu bewegen, um ihn aus dieser Traurigkeit zu holen. Leider konnte Lars seinen Schutzengel nicht sehen oder spüren, so das Magnus, der schon viele Male auf der Erde gelebt hat, zur Hilfe gerufen wurde. Magnus sollte sich als Orb zu erkennen geben und mit Lars in Verbindung treten. Magnus und Najamel konnten in die Zukunft blicken und sehen, wenn jetzt nicht die Universellen Gesetze angewandt werden, ein böses Ende heraufbeschworen wurde. Najameh war schon bei Lars Geburt anwesend und immer zur Stelle, wenn Lars es zuließ oder wenn Gefahr androhte, die nicht mit Lars Lebensweg in Einklang war. Najamel war einer von unzähligen Engeln im Universum, der die Aufgabe hat, den Erdenmenschen zu unterstützen. Andere Engel hatten auch andere Aufgaben, die zum Wohle des ganzen Universums dienten. Engel haben eine höhere Schwingung als Verstorbene und können schlechter in Kontakt mit den Menschen treten. Verstorbene sind nicht, wenn sie in eine andere Dimension kommen sofort erleuchtet. Sie müssen auch in der Seelendimension dazulernen und steigen nach und nach in höhere Dimensionen. Manche Verstorbene – so wie Magnus – haben sich dazu entschieden Menschen aus einer anderen Dimension heraus zu unterstützen.

Magnus hatte schon vielen Erdenmenschen geholfen und machte sich nun auf den Weg zu Lars, der in seinem Zimmer vor dem PC saß und ein Spiel spielte. Er hatte keine Lust sich mit Freunden zu treffen oder zum Sport zu gehen. Magnus bewegte sich als Lichtkugel in Lars Zimmer, aber Lars nahm ihn nicht wahr. Seine Gedanken waren zu düster, um höhere Energie wahrnehmen zu können. Magnus musste sich was einfallen lassen und holte Najamel zur Hilfe. Sie vereinbarten, dass Lars in den nächsten Stunden am PC auf eine Internetseite kommen würde, wo sich Spieler eines Spiels zusammenfanden und bei Anmeldung ein Foto gefordert würde. Najameh lenkte Lars Gedanken so, dass er irgendwann Lust empfand ein neues Spiel auszuprobieren und kam auf diese Internet-seite.

Lars nahm sein Handy und machte ein Foto von sich. Wie erstaunt war er, als er auf jedem seiner Fotos eine leuchtende Kugel entdeckte. Er sah sich die Bilder näher an und war sehr verwundert, dass er in der Kugel ein Gesicht erkennen konnte. Auf einem Foto kam sogar aus der Kugel eine Hand, die so wirkte, als ob sie ihm zuwinkte. Es nutzte nichts, auf jedem weiteren Foto war diese Kugel zu sehen, so dass Lars die Anmeldung erst einmal verschob. Er setzte sich auf seine Couch und dachte so über Lena und sein Leben mit ihr nach. Wieder gab er ein Stoßgebet ins Universum und bat um Hilfe. Alles sollte wieder so sein wie in der guten Zeit mit ihr. Tiefe Trauer überkam ihn und er starte auf die grau gestrichene Wand vor ihm und bemerkte, dass eine Lichtkugel sich im Zimmer vor dieser Wand schnell bewegte. Er stand auf und schaute aus dem Fenster in dem Glauben, dass jemand mit einer Taschenlampe diese Lichtspiele verursachte. Aber da war niemand. Dann hörte er in seinem Kopf: „Ich bin die Hilfe, die gerufen hast!"

Lars dachte daran jetzt ganz durchzudrehen, wie fast jeder, der auf einmal mit dem Universum in Kontakt kommt und etwas hört oder sieht, was er bisher für unmöglich hielt. Er horchte weiter in sich hinein. Ich bin der auf deinen Fotos, ich bin Magnus. Setz dich hin und schau genau auf die graue Wand. Wenn du wirklich möchtest, kannst du mich gleich sehen. Lars versuchte sich zu konzentrieren, starte auf die Wand und schon bald sah er die leuchtende Kugel mit einem Gesicht darin.

Ich werde dich lehren, wie du aus dieser Situation dein Bestes machen kannst. Ich werde dir zeigen, wie du wieder glücklich wirst, wenn du möchtest. Magnus erzählte Lars, das er auch schon einmal auf der Erde gelebt hat und nun immer mal wieder den Kontakt zur Erde aufnimmt, um Menschen beizustehen und ihnen zu zeigen, dass es nicht schwierig ist, glücklich zu werden und auch zu bleiben. Man muss nur die Gesetze des Universums anwenden. Aber bis dahin musst du erst noch einmal erkennen, wie du bist, wie deine Seele ist, wie der Auftrag deiner Seele ist. Dein Schutzengel Najamel wird irgendwann Kontakt mit dir aufnehmen, vielleicht über die Traumebene. Du musst dich immer mal wieder mit dieser guten Energie verbinden. In Gedanken musst du dich mit deinem Schutzengel oder dich mit mir verbinden. Nur so kannst du uns spüren, sehen oder hören. Jeder Mensch hat eine andere verborgene spirituelle Gabe. Deine ist es zu sehen und im Unterbewusstsein zu hören. Du kannst diese wieder- gefundene Energie schöpferisch einsetzen. Als du vor deiner Geburt Seele warst, warst du Teil dieser Energie. Finde heraus, was deine Seele wirklich möchte. Du kannst nur für dich etwas verändern, denn Lena ist eine eigene Seele, die ihre eigenen Pläne mit auf diese Welt gebracht hat. Du darfst ihr aber in Gedanken Licht und Liebe schicken und alle guten Erfahrungen mit ihr im Herzen behalten. Von allen schlechten Erfahrungen trenn dich und lass sie los.

Setz dich mal bequem hin und schließe die Augen. Stell dir in Gedanken vor, dass Lena in 3 Metern Abstand vor dir steht und wie ihr beide zwei Seile über Kreuz in den Händen haltet. Das Seil in der rechten Hand muss unter dem Seil in der linken Hand sein. Das in der linken Hand – auf der Herzebene – steht für alles Gute, was euch verbindet, das in der rechten Hand für alles Ungute. Schau, wie ihr nachdem ihr euch tief in die Augen geschaut habt, das rechte Seil zur gleichen Zeit los lasst. Höre, wie dein Inneres sagt: Alles GUTE bleibt in meinem Herzen, aber jetzt lass ich dich gehen. Najamel stand ganz dicht hinter Lars, um gute Energien walten zu lassen und tröstlich zu wirken. Der ganze Raum war erfüllt von dieser guten Energie.

Das zwanghafte Festhalten eines Menschen bewirkt nur das Gegenteil. Wenn du sie in Gedanken ziehen lässt, sind eure Seelen frei voneinander und können sich neu finden oder einen anderen Weg gehen. Mit diesen Worten verabschiedete sich Magnus.

Lars liefen einige Tränen über die Wangen. Er ist Magnus Worten gefolgt und spürte einen tiefen Schmerz, als er Lena mit den Worten: „Und jetzt lass ich dich ziehen!" losließ. Sofort war sie vor seinem inneren Auge verschwunden. Als er sich wieder gefangen hatte, spürte er, dass der dicke Stein auf seinem Herzen verschwunden war und setzte sich wieder vor den PC, um die Anmeldung für die Spielergemeinschaft zu vollenden. Als er nun ein neues Foto von sich machte, war kein Orb darauf zu sehen. Er musste grinsen, als er an das dachte, was er gerade erlebt hatte. Am Samstag waren es schon 24 Tage ohne Lena. Lars strich jeden Tag am Kalender ab und sehnte das Ende der drei Monate herbei. Immer wieder stellte er sich vor, dass sie wieder zusammenkämen und alles wäre wie früher. Ein Freund überredete Lars mit ihm doch zum Sport zu gehen und nachher noch ein Bierchen trinken. Lars hatte keine Lust darauf – aber der Freund ließ nicht locker. Bei der Fitness fühlte sich Lars schon etwas besser, es war eine gute Ablenkung. Danach gingen beide noch in eine kleine Kneipe zu einem Bier. Hier kamen Lars wieder düstere Gedanken, wenn er Paare an Tischen ansah. Lena fehlte ihm sehr. Zwar war dieser riesige Stein vom Herzen verschwunden, aber eine große Einsamkeit breitete sich immer mehr aus. Nach dem 2. Bier ging Lars nach Hause. Er legte sich vor den Fernseher und schlief nach kurzer Zeit ein. Lars träumte selten und schon gar nicht sowas, was er da zu spüren bekam. Eine freundliche Gestalt, die Lars nicht richtig erkennen konnte, nahm ihn mit auf eine Reise ins Universum. Es war Najameh, der Schutzengel. Er wollte Lars etwas zeigen. Lars sah sich in einer anderen Gestalt auf einer Pferdekutsche und neben ihm saß eine Frau. Diese Frau sah nicht aus wie Lena, aber er spürte, dass sie es war. Er hatte Einblick in ein früheres Leben. Die Pferdekutsche hielt an einem kleinen Bauernhaus an und beide gingen in dieses Haus. Es war das Haus der beiden. Dann wechselte das Bild und Lars erblickte sich im Bett mit einer anderen Frau. Er fühlte sich sehr hingezogen zu dieser Frau und hörte sich sagen: „Ich werde meine Frau verlassen und mit dir nach Amerika auswandern!" Du wirst in ihrem Namen reisen und in Amerika sind wir dann Mann und Frau. Eine Gestalt, die er nicht genau erkennen konnte, tauchte nah vor seinem Gesicht auf und sagte:" Lars, du hast Lena in einem früheren Leben verlassen und ihr habt euch in diesem Leben wieder zusammengefunden, um es jetzt richtig zu machen. Vertrauen, Liebe und Harmonie habt ihr euch zusammen vorgenommen. Lena spürt in diesem Leben, dass irgendetwas mit dir nicht stimmt. Sie spürt etwas aus dem alten Leben. Den Rest der Nacht träumte er nicht mehr, aber warf sich immer wieder unruhig im Bett hin und her. Als er erwachte, wusste er nichts mehr von dem Traum, bis er das Radio anschaltete und er einen Bericht über frühere Leben hörte. Da fiel ihm alles wieder ein. Najamel hatte ihn dazu gebracht, das Radio anzuschalten. Eigentlich schaut er morgens immer Fernsehen. Der Traum war so wahr, nicht wie ein Traum nach einem Gruselfilm. Er hat sich in jeder Situation so angefühlt, als wenn er das gerade wirklich durchlebt. Ich habe Lena in einem anderen Leben verlassen, fragte er sich, ich habe ihr wehgetan und jetzt tut sie mir weh? Wie kann ich diese Situation bereinigen? Was muss ich tun?

Er blätterte Gedankenverloren in der Tageszeitung herum, ohne auch nur eine Zeile zu lesen. Lars sah nur auf die Bilder und entdeckte einen wunderschönen Sonnenuntergang. Seine Augen blieben daran hängen. Was soll ich nur tun, kam ihm wieder der Gedanke und seine Augen lösten sich von dem Sonnenuntergang und entdeckten die Zeilen darunter: Nimm dein Leben in die Hand und gib ihm eine neue Richtung durch Familienstellen. Egal, ob Probleme in der Familie, mit dem Partner oder im Betrieb. Alles kann eine neue Richtung bekommen. Familienstellen, darüber hatte er schon einmal etwas gehört. Sein Onkel hatte schon einmal eine Familienaufstellung für den drogensüchtigen Sohn gemacht, um zu sehen, woher diese Tendenz kommt und erst nach dieser Familienaufstellung hatte der Sohn, Lars Cousin Robert, die Kraft für eine Therapie. Robert wusste nichts von dieser Familienaufstellung, aber es zeigte sich, dass Robert eigentlich ein Zwilling war. Der Zwilling ist während der Schwangerschaft im Mutterleib verstorben und Robert hatte Zeit seines Lebens diesen Verlust nie überwunden. Diese Traurigkeit und Lustlosigkeit zogen ihn zu den Drogen hin. Erst nachdem in der Familienaufstellung die Stellvertreter dieses erspürten, änderte sich das Verhalten Roberts Stellvertreter. Er konnte aufatmen und hatte nicht mehr diese Traurigkeit. Die Zwillinge umarmten und weinten in dieser Stellvertreterrolle und fühlten sich wieder vereint. Roberts Problem konnte nun gelöst werden, weil der tieferliegende Grund geklärt wurde.

Lars überlegte sich auch so eine Aufstellung für Lena und sich zu machen und griff gleich zum Telefon, um sich für so eine Familienaufstellung anzumelden. Leider meldete sich nur der Anrufbeantworter. Er dachte darüber nach, wie so eine Familienstellung für ihn wohl laufen wird. Was konnte er ändern mit dieser Methode, was würde wohl aufgedeckt werden? Hat er selbst Altlasten oder Lisa? Ich werde Magnus befragen, ob so eine Familienaufstellung der richtige Weg für mich ist. Kaum hatte Lars an Magnus gedacht, erschien auch schon wieder dieser Orb, die Kugel mit Magnus Gesicht darin. „Hallo Lars", sagte Magnus zur Begrüßung und Lars erwiderte die Begrüßung und kam schnell zum Thema. „Magnus, du kennst dich bestimmt mit Familienaufstellungen aus oder?" „Mir ist nichts unbekannt Lars", antwortete Magnus. Es ist keine

Zauberei, alles was jemals gedacht oder gemacht wurde ist im morphogenetischen Feld abgespeichert. Jede Information ist jederzeit abrufbar. Wenn ein Stellvertreter für dich deine Rolle übernimmt, wirst du sehen, dass er sich wie du benimmt und Dinge kennt, die eigentlich nur du kennst. Alle Stellvertreter rufen Informationen aus diesem Feld ab, nur weil sie die Absicht haben z.B. Stellvertreter für Onkel Willi zu sein.

Lars meldete sich bei dem Therapeuten an, dessen Annonce er in der Zeitung gefunden hatte. Er musste einige Wochen warten, bis er endlich zu seinem Termin kommen konnte. 14 Stellvertreter und 2 Aufsteller waren anwesend. Es sollten also zwei Aufstellungen an diesem Abend stattfinden. Zuerst hatte eine Frau ein Problem mit ihrer Mutter zu klären und dann endlich durfte Lars sich seine Stellvertreter aus der Runde auswählen. Für sich, für seine Eltern, für Lena und für seinen verstorbenen Bruder. Er stellte die Auserwählten im Raum irgendwo auf und setzte sich wieder. Die Stellvertreter für Lena und Lars standen nah, aber abgewandt beieinander, die Eltern standen 2 Meter von den beiden entfernt zusammen und schauten auf Lars. Der verstorbene Bruder stand mit dem Rücken zu allen. Der Therapeut fragte zuerst die Mutter, wie sie sich fühle, weil sie mit hängenden Schultern dort stand. Sie sagte: „Ich fühle mich so traurig, wenn ich auf meinen Sohn schaue." Der Vater hatte ein bisschen Wut, Lars war traurig und Lena fühlte sich irgendwie zerrüttet. Ihr Blick ging von einer Person zur anderen, unschlüssig auf wen sie schauen sollte; auch war sie unruhig und wollte gern umherlaufen. Der verstorbene Bruder fühlte sich ausgegrenzt und nicht gesehen. Er war auch traurig, in Vergessenheit geraten zu sein. Die Eltern mussten ihm sagen, dass es ihnen leid täte, ihn aus dem Gedächtnis verdrängt zu haben, weil die Erinnerung an seinen Verlust so schmerzlich ist. Daraufhin dreht sich der verstorbene Bruder um und lächelte die Eltern freudig an. Bei Lars zeigte sich eine Reaktion, er wollte seinen Bruder umarmen und ging zu ihm. Von diesem Platz aus konnte er Lena besser sehen, die jetzt auch ihren Blick fest auf Lars fixiert hatte und ruhiger wurde. Die Eltern stellten sich hinter Lars und den verstorbenen Bruder. Der Vater sagte seinen Söhnen: „Jetzt bin ich da und stärke euch den Rücken. Ich gebe euch all das Männliche. Die Mutter sagte: „Jetzt bin ich da und sehe euch beide". Lars sagte Lena, dass er sie liebe und Lena sagte ihm: „Du hast einen festen Platz in meinem Herzen. Ich fühle aber etwas, was mich unruhig macht." Lars sagte: „Ich habe dich in einem früheren Leben verlassen, das tut mir leid". Der Therapeut ließ Lena und Lars zwei Seile in die Hand nehmen. Das rechte Seil lag unter dem linken Seil. Das linke Seil auf der Herzensebene sollte alles Gute darstellen, was Lena und Lars verbindet. Das rechte Seil alles das, was sich an Negativem angesammelt hat. Auf drei sollten beide das rechte Seil loslassen und nur noch mit allem GUTEN verbunden sein. Sie lächelten sich an und die Aufstellung war beendet. Lars hatte nunmehr die Hoffnung, einen Neubeginn mit Lena starten zu können.

Thema der Aufstellung war der verstorbene Bruder, der von allen vergessen war, der fehlende Rückhalt der Eltern, die fehlende Männlichkeit die von Generation zu Generation weitergegeben wird und das frühere gemeinsame Leben von Lisa und Lars. All diese Themen haben in das Leben der beiden hineingewirkt und Störung gebracht.

5 Tage nach der Aufstellung traf Lars in der Stadt auf Lena. Sie wollte gerade ihr Auto einparken. Lars blieb stehen und wartete bis sie ausstieg. Er war voller Freude sie zu sehen. „Hallo Lena" sagte er zu ihr und streichelte ihr kurz über die Wange. Lena sah Lars erstaunt an, lächelte und fragte ihn, was gerade jetzt um diese Zeit in der Stadt wolle. Lars hatte einen Tag Urlaub und wollte zum Frisör. Lena hatte Mittagspause und etwas zu erledigen. Ich wünsche dir noch einen schönen Urlaubstag sagte Lena und verschwand in der Menge.

Lars pustete aus und die Freude machte Platz für das seltsame Gefühl des Verlustes, nicht so stark wie am Anfang, aber merklich spürbar. Wird schon, sagte er sich selbst und ging zum Frisör.

Magnus hatte sich die Begegnung im Hintergrund angesehen und freute sich, dass Lars so reagierte. Auf dem Weg nach Hause sprach Magnus Lars noch einmal an. „Hallo Lars", bedenke, dass jede Seele den eigenen Weg geht und wenn es so sein soll, werden Lena und du wieder ein Paar. Du hast die Last des verstorbenen Bruders abgelegt und mit Lena zusammen alles Negative abgelegt. Wenn du ein Aufleben eurer Beziehung möchtest, dann stell dir vor, dass ihr im Jetzt wieder zusammen seid. Stell dir vor, dass ihr harmonisch zusammenlebt. Damit machst du im morphogenetischen Feld ein neues kleines Feld der Liebe auf und wenn es mit Lenas Lebensweg konform gehen sollte, dann werdet ihr wieder einen Weg finden. Sollte Lenas Lebensweg aber anders aussehen, dann akzeptiere es, weil ihr sonst nicht glücklich miteinander werden könnt.

Lars sagte kein Wort mehr zu Magnus aber handelte so, wie ihm aufgetragen, indem er sich vorstellte, dass Lena und er wieder ein Paar sind und harmonisch miteinander umgehen. Er stellte sich bildlich vor, wie er diese Begebenheit ins morphogenetische Feld setzt und aktiviert. Jeden Abend vor dem Einschlafen und jeden Morgen nach dem Aufwachen sah er dieses Bild. Das Feld im morphogenetischen Feld wurde immer größer und größer.

Lena hatte nach drei Wochen Trennung von Lars einen anderen jungen Mann kennengelernt. Irgendetwas hielt sie jedoch davon ab, intim mit diesem Mann zu werden. Nicht, dass er nicht ein sehr interessanter Typ war, nein, ganz im Gegenteil. Lena musste in der letzten Zeit immer öfter an Lars und ihre gemeinsame Zeit denken. Alles Negative war verblasst, nur das Positive sah sie noch und sehnte sich auch ein bisschen nach der alten Zeit. Ihr kleines Feld im morphogenetischen Feld wurde durch diese Denkweise auch immer größer.

An einem Samstag im Juli fand eine Geburtstagsfeier eines gemeinsamen Freundes statt. Beide waren eingeladen und wussten davon. Lena überlegte, ob sie überhaupt dort hingehen und ihren neuen Freund mitnehmen sollte. Da dieser aber kein Interesse hatte jetzt schon nach ihrer kurzen gemeinsamen Zeit, die Freunde Lenas kennenzulernen und evtl. noch Lars zu begegnen, bat er Lena darum dort nicht hinzugehen. Für Lena war das aber kein Thema, sie wollte auf ihren Freundeskreis nicht verzichten. Also ging sie allein zur Party.

Magnus begleitete Lars auf die Party und hielt sich im Hintergrund. Lars und Lena begrüßten sich freundlich und gingen dann auf der Party erst einmal eigene Wege. Lars, der nicht gerne tanzt, forderte eine gute Bekannte zum Tanz auf und beide wirbelten über die Tanzfläche. Lena konnte ihre Augen von den beiden nicht abwenden. Magnus drängte Lars dazu nach einigen Tänzen mit der guten Bekannten Lena aufzufordern zu ihm auf die Tanzfläche zu kommen. Lena kam und sagte: „Seit wann sieht man dich denn auf Tanzflächen?" Oh, meinte Lars, es hat sich so einiges verändert und lächelt Lena an. An dem Abend kamen sich Lars und Lena wieder etwas näher. Das Eis war gebrochen.

Da Engel sich gern dort aufhalten, wo gute Energien fließen, wo Menschen tanzen oder singen, war auch Najamel anwesend. Er bewegte sich beim Takt der Musik und als Lena und Lars zusammen die Party verließen, ging er hinter ihnen her. Immer wieder flößte er Lars die Worte ein: „Nimm sie an die Hand", bis Lars es irgendwie wahrnahm und Lena anfasste. Najamel fasste Lena an die Schulter und gute Energien flossen durch ihren Körper. Sie sagte: „Lars, es ist schön, dass du da bist und er lächelte sie an und streichelte ihr nur über die Wange. Er dachte aber: „Ich werde dich niemals verlassen, jetzt nicht und in keinem anderen Leben." Irgendwann würde er ihr von ihrem gemeinsamen Leben in einer anderen Zeit erzählen. Lars brachte Lena nach Hause. Vor der Tür nahm er sie zum Abschied zärtlich in den Arm und küsste sie auf die Wange. Fast hätte Lena Lars gefragt, ob er noch mit reinkommen wolle. Dann kam ihr aber der Gedanke, dass beide etwas getrunken hatten und die Gefühle für einander vielleicht ein bisschen vernebelt sein könnten. Lena sagte am nächsten Tag die Verabredung mit ihrem neuen Freund ab mit der Ausrede, dass sie sich noch von der Party erholen müsse. Immer wieder hatte sie Lars vor Augen. Er kam ihr so verändert vor. Was war geschehen? Sie dachte, dass sie keine Gefühle mehr für ihn hätte, aber so war es nicht. Lars war total verwirrt, aber zuversichtlich. Er rief Lena am nächsten Tag nicht an. Er wollte ihr die Zeit geben, die sie evtl. noch benötigte. Nach drei Monaten kam es auf eine Woche mehr oder weniger nicht an. Zum nächsten Wochenende wollte er sie zum Essen einladen.

Najamels und Magnus Aufgaben waren erfüllt. Jetzt mussten Lars und Lena das Beste daraus machen. Hätte Lars nicht um Hilfe gebeten, wäre alles anders ausgegangen. Durch die Frage nach Hilfe, wurde ihm der Weg gezeigt, wie er zu denken hatte, welche universellen Gesetze er anwenden musste, um die Hinweise umzusetzen. Die Familienaufstellung hat Altlasten auf-gelöst und Lena konnte Lars anders sehen, obwohl sie nichts über diesen Vorgang wusste. Es wurden neue Informationen ins morphogenetische Feld geschickt und alte gelöscht. Unstimmigkeiten wurden durch die Familienaufstellung gelöst und die heilenden Energien des Universums haben Lars die Traurigkeit genommen, um so zu neuen Taten schreiten zu können.

Weihnachtsgeschenk

Gaby erzählt von ihrem größten Geschenk

Es war der 24. Dezember vor 14 Jahren. Schon 5 Jahre musste ich 3 x wöchentlich zur Dialyse. Meine Nieren streikten. Meine Mutter hatte schon diese Krankheit und ist daran verstorben. Ich war nie ein sehr gläubiger Mensch, aber in den letzten Jahren klammerte ich mich doch an den Himmel und was dahinter steckte. Mit Namen konnte ich nichts festmachen, aber das Gefühl wuchs, das da mehr war, als ich sehen und fühlen konnte.

Gegen Abend erhielt ich einen Anruf aus der Uniklinik, dass ich am nächsten Morgen, den 25. Dezember in der Klinik zu erscheinen hatte. Sie hatten eine Niere für mich und ich sollte schnellstmöglich operiert werden.

Ein schöneres Weihnachtsgeschenk konnte man mir nicht machen. Die Operation verlief gut und ich fühlte mich auch gut. Ich fand es zwar traurig, dass ein junger Motorradfahrer sein Leben verloren hatte, war aber auch gleichzeitig glücklich, dass er mir eine Niere spendete. Wir kannten uns zwar nicht, aber ich fühlte mich mit ihm irgendwie verbunden. Seitdem denke ich oft über Zufall oder Fügung nach. Hatten meine Gedanken, die ich ins Universum schickte, meine stillen Gebete an UNBEKANNT, doch meinem Schicksal eine Wendung gegeben?

Nach der Transplantation bemerkte ich, dass ich nach und nach immer sanfter wurde. Ich hatte wohl einen kleinen Teil der DNA meines Spenders in mir, der mich veränderte und mir einen anderen Blick auf das Leben und meinen Mitmenschen gab. Oder war es nur, das ich nicht mehr ausschloss, dass im Universum mehr existierte, als ich früher annahm und eine Bindung dorthin entstanden ist? Ich kann es nicht mit Bestimmtheit sagen, was meine Veränderung ausmachte. Auf jeden Fall genieße ich jetzt jeden neuen Tag meines neuen Lebens.

Was geschah zur gleichen Zeit im Jenseits?

Magnus beobachtete das Geschehen auf der Erde. Er kannte Gaby schon eine längere Zeit und sah ihre zaghaften Versuche, sich Gott zu nähern. Eine raue Schale umgab ihr Herz und ihre Seele. Sie war egoistisch und rechthaberisch. Immer wieder versuchte Magnus sich Gaby zu nähern und beeinflusste ihre Gedanken bezüglich bestimmter Literatur oder Filme, um positive Gedanken zu fördern. Er ließ sie auch oft an ihre Kindheit denken, an spaßige oder liebevolle Begebenheiten mit den Eltern und Geschwistern und an Erfolgserlebnisse in der Schule. Einmal beeinflusste Magnus ihre Träume und sie träumte von ihrem Zuhause als sie noch ein kleines Mädchen war. Gaby sah, wie sie in das Bett ihrer Eltern krabbelt. Sie legte sich auf die Seite ihrer Mutter und schlief mit ihr

Rücken an Rücken weiter. Ein unbeschreibliches Gefühl der Geborgenheit erfüllte sie. Sie sah, wie sie am Morgen gemeinsam aufwachen und anschließend zusammen frühstücken. Es gab Brot mit Butter und Rührei, Obst kam in die Schultasche und ein Kuss auf die Stirn zum Abschied. Mittags freute sie sich auf daheim. Es roch schon nach einer guten Mahlzeit und sie war es gewohnt, dass Mutter immer zu Hause war. Traditionen wie an Nikolaustagen, Weihnachten und Geburtstagen wurden eingehalten. Am Geburtstag wurde sie für jedes erworbene Jahr von ihrem Vater in die Höhe geworfen. Sonntags gingen alle zur Messe und im Anschluss gab es immer ein besonderes Essen. Man konnte sich darauf verlassen und diese Regeln gaben Beständigkeit und machten ihre kleine Welt aus. Wo waren in der Zeit ihre Sensibilität und Empathie auf der Strecke geblieben? Was war geschehen? Lag es am frühen Tod des Vaters oder an der Krankheit der Mutter, die sie geerbt hatte?

Schritt für Schritt wurden Gaby wieder emotionale Gefühle übermittelt, und sie hatte die Möglichkeit sich ganz langsam wieder den guten höheren Dimensionen zu nähern. Magnus wollte, dass sie Fortschritte machte, um ihren Wunsch nach Leben verwirklichen zu können. Sie musste ihren Wunsch mit der richtigen Denkweise aus-strahlen. Nach einiger Zeit erreichten Magnus Be-mühungen Gabys Seele und sie betete zu Gott um Hilfe. Sie wollte noch leben und erbat eine Spenderniere. Als persönlicher Helfer war Magnus für sie zuständig und so kam auch der Hilferuf bei ihm an. Nachdem Gaby ihr Gebet beendet hatte, öffnete sie ihre Augen und sah in diesem Moment ein helles Licht im Zimmer. Sie wunderte sich, nahm es als Zeichen Gottes und weinte vor Rührung. Immer wieder, wenn sie betete, erschien ihr Magnus als Lichtpunkt. Leider war Gaby noch nicht bereit sich weiter zu öffnen, um mit Magnus intensiveren Kontakt zu bekommen. Durch Gabys Gebete wurde das Wunschfeld im morphogenetischen Feld immer größer. Eine Operation mit einer Spenderniere eines verstorbenen Menschen war ihr Ziel.

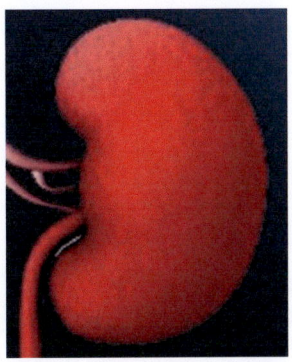

Magnus hielt Ausschau auf eine entsprechende Spenderniere und kontrollierte regelmäßig die Aufzeichnungen in der Organspenderkartei und als an einem Heiligen Abend ein junger Mann mit dem Namen Paul, trotz Glatteis mit seinem Motorrad fuhr, konnte Magnus schon sehen, was Paul wiederfahren wird. Immer wieder versuchten Helfer aus dem Jenseits und auch Pauls Schutzengel ihn davon abzuhalten sein Motorrad aus dem Schuppen zu holen. Leider nahm er sie nicht wahr und verunglückte. Er verstarb kurz nach Eintreffen im Krankenhaus. Da die Werte genau zu Gabys Werte passten, fiel das Augenmerk der Ärzte, die die Spenderlisten bearbeiteten, direkt auf Gabys Eintragungen. Es wären auch noch zwei andere Personen passend gewesen, die aber nicht um Hilfe gebeten hatten.

Sanft empfingen die jenseitigen Helfer und Pauls Schutzengel Paul beim Übergang in die andere Welt. Sie ließen ihn nicht mehr zusehen, wie ihm die Nieren und sein Herz entfernt wurden. Er hatte einen Spenderausweis und war bereit, nach seinem Ableben diese Organe für Menschen zu geben, die damit weiterleben konnten. So lebte durch seine Organe ein kleiner Teil von ihm auf der Erde in den Menschen weiter.

Pauls Astralkörper kam aber unversehrt im Jenseits an. Im fehlte nichts. Sein fleischlicher Körper war Vergangenheit. Nachdem sein Großvater und andere Seelen in begrüßt hatten, wurde er in einen Bereich gebracht, in dem er eine Ruhezeit einlegen sollte, um sich von den Strapazen des Unfalls zu erholen und die ersten Eindrücke vom Jenseits verarbeiten konnte. Nach vier Wochen (Erdenzeit) weckte ihn Magnus, um mit ihm einen Blick auf die Erde und auf Gaby und die anderen Personen, die ein Organ von ihm erhalten hatten, zu werfen. Paul tat es sehr gut zu sehen, dass er mit seinen Organen drei Menschen das Leben verlängert hatte. Er selbst hatte sein Leben durch seine Unvorsichtigkeit verloren und bekam nun im Jenseits, wie jede ankommende Seele, eine Schulung in einer Umgebung aus Harmonie und Liebe. Er war überrascht, wie schön die Landschaft um ihn herum war und wie alle dort miteinander umgingen. Obwohl er so früh schon versterben musste, vermisste er sein Leben auf der Erde nicht. Er fühlte sich unglaublich wohl. Magnus erklärte Paul, dass jeder nach seiner Reife, die er aus seinem früheren Leben mitgebracht hat und nach seinem weiteren Reifegrad im Jenseits, eine Aufgabe erhalten wird. Bis dahin aber wird eine andere verstorbene Seele, die schon länger im Jenseits ist, den Neuankömmling begleiten. Magnus machte Paul mit Ebrahat bekannt, der für eine gewisse Zeit nun sein Begleiter sein würde, um ihm die Gesetze des Jenseits zu erläutern.

Magnus verabschiedet sich von den beiden. Auf ihn wartet schon der nächste Auftrag auf der Erde.

Die 7 wichtigsten universellen Gesetze

Die Universellen Gesetze Weisheit, Heilung, Zuversicht, Liebe und Freude werden wir erfahren, wenn wir die Gesetze erkennen und anwenden.

1.Das Gesetz des Geistes: Die Quelle aller Schöpfung ist reines Bewusstsein, ein unendlicher Schöpfergeist in jedem Lebewesen. Wir erschaffen unser Leben, wir sind was wir denken.

2. Das Gesetz des Ausgleichs: Harmonie zu erzeugen und eine ausgeglichene Situation herstellen. Geben und Nehmen gehören zusammen. Es sind die beiden entgegengesetzten Pole vom Energiefluss, die sich ausgleichen.

3. Das Gesetz des Karmas: Handlungen haben Ursachen und Wirkungen und erzeugen gutes oder schlechtes Karma. Das Karma wird dann in diesem oder im nächsten Leben abgearbeitet. Jede Handlung bleibt im Gedächtnis des Universums.

4. Das Gesetz der Resonanz: Gleiches zieht Gleiches an. So wie ich mich verhalte, so verhält sich mein Gegenüber. Gedanken, die ich aussende, gehen in Resonanz mit den Wünschen oder mit den Menschen, an die ich denke. Habe ich den Gedanken eine Gemeinschaftspraxis zu

eröffnen, dann gehen die Gedanken in Resonanz mit dem Wunsch eines Menschen, der auch eine Gemeinschaftspraxis eröffnen möchte und man findet zusammen. Sende ich gedanklich Frieden in die Welt, dann treffen die Gedanken der Menschen zusammen, die sich auch Frieden wünschen und das Feld Frieden im morphogenetischen Feld wird immer größer. Auch trifft man immer öfter auf Menschen, die sich Frieden wünschen. Leider ist das aber auch genauso mit den Menschen, die sich Streit und Krieg wünschen.

5. Das Gesetz der Übereinstimmung: Wie es im Himmel ist, so ist es auch auf der Erde. Was im Kleinen gilt, gilt auch im Großen, innen wie außen. Das Geben und Nehmen muss ausgewogen sein.

6. Das Gesetz der Polarität: Alles hat einen Gegenpol. Tag und Nacht, hell und dunkel, männlich und weiblich, schwarz und weiß, laut und leise, schön und hässlich oder krank und gesund.

7. Das Gesetz der Schwingung: Alles im Universum ist in ständiger Bewegung und verändert sich permanent. Alles ist Schwingung und Energie.

Erklärungen

Affirmation: Eine Affirmation ist ein selbstbejahender Satz, den wir uns selbst wieder und wieder sagen, um unsere Gedanken umzuprogrammieren.

Chemotherapie: Die Therapie ist eine medikamentöse Therapie von Krebserkrankungen oder Infektionen.

Dimension: Außer unserer 3. Dimension im Universum gibt es noch viele andere Dimensionen, die man Jenseits oder Himmel nennt.

Engel: Es gibt unzählige Engel mit unterschiedlichen Aufgaben. Einige sind zur Unterstützung des Menschen abgestellt.

Familienaufstellungen: In einer Gruppe werden Situationen und Probleme in der Familie, Partnerschaft oder Firma nachgestellt. Die Teilnehmer wissen nichts über die Angelegenheit, können aber durch das Abrufen der Information aus dem morphogenetischen Feld, die Gefühle der anwesenden und nicht anwesenden Personen erspüren.

Globuli: Es sind winzige Kügelchen, in dem das entsprechende Heilmittel in hoher Verdünnung enthalten ist.

Harmonie: Friedliche Atmosphäre

Inkarnation: Wiedergeburt

Mobbing: Psychoterror – häufigen Ärger mit einer oder mehreren Personen, die eine Person schikanieren, fertig machen.

Morphogenetisches Feld: In diesem Feld sind alle Informationen des Universums abgespeichert und über dieses Feld sind wir alle miteinander verbunden.

Nux-Vomica: Brechwurz-Pflanze

Orbs: Orbs sind Energiebälle, die immer häufiger gesichtet werden. In diesen Energiebällen befinden sich Personen aus anderen Dimensionen oder auch nur Zeichen, die uns übermittelt werden sollen. Wir finden sie oft auf Fotos, die auf Feierlichkeiten entstanden sind.

Quantenheilung: Diese Alternativmedizin unterstützt die konventionelle Medizin. Die Selbstheilung/Genesung wird aktiviert.